集英社オレンジ文庫

王女の遺言 4

ガーランド王国秘話

久賀理世

JN019624

Contents

Characters

アレクシア

ガーランド王国の王女。17歳。
大国ローレンシアの王太子との政略結婚が決まっている。
その婚姻によって、アレクシアはガーランドの
王位継承権を放棄することになる。

ディアナ

《白鳥座》の役者。グレンスター公から極秘の依頼を受け、
「アレクシア王女」の身代わりを務めることになる。
ディアナの顔立ち、体つきは、アレクシアとそっくりであるらしい。

ガイウス

アレクシアの護衛官。25歳。
名門アンドルーズ侯爵家の嫡男で、
かつての戦役《せんえき》でめざましい武勲をあげた軍人。
アレクシアに君主としての資質をみている。

エリアス

アレクシアの異母弟。
産褥で母を亡くしており、姉の
アレクシアを誰よりも慕っている。
聡明ではあるが、病がち。
男子優先長子相続のため、
王太子としての教育を
受けている。

ウィラード

アレクシアの異母兄。
庶子ではあるが、宮廷で養育された。
非常に有能で、父王の右腕として
政務を助けてきたが、
王位継承権はない。

アシュレイ

グレンスター公の嫡男。
アレクシアの身代わりとなった
ディアナの世話役をしている。

グレンスター公

グレンスター公爵家当主。
今は亡き王妃メリルローズの弟で、
アレクシアの身代わりとして
ディアナを雇う。

Characters

セラフィーナ

十年前、大逆罪で処刑された王弟ケンリックの娘。22歳。長らく辺境の古城・小夜啼城で幽閉生活を送っていたが、ウィラードの尽力で王位継承権が回復、宮廷に呼び寄せられた。

リーランド

《白鳥座》の役者。戯曲なども手がける。ディアナと間違えて、アレクシアを娼館から救い出した。華やかな美青年ながら、やや軽薄な雰囲気。

ノア

《白鳥座》の子役。いたずら好きの小妖精のように愛嬌のある美少年だが、少々口が悪い。ディアナを慕っている。

これまでのあらすじ

身分も、境遇も正反対の、もうひとりの自分

6年前、ガーランド王国の王女アレクシアは、お忍びででかけた市街の聖堂で、衝撃的な出会いを果たす。アレクシアと瓜二つの少女——しかし彼女は痩せこけて襤褸《ぼろ》をまとった物乞いだった。「自分は明日にでも花を売ることになる」と語る彼女に、アレクシアは自分の上等な外套を与えて、逃がす。以来、彼女のことを忘れたことはなかった。市井にいるもうひとりの自分という存在に、アレクシアは不思議と励まされてきたのだ。

17歳になったアレクシアは、大国ローレンシアの王太子との政略結婚が決まっていた。だが、輿入れの船旅の途中、正体不明の賊の襲撃をうけ、護衛官のガイウスと共に落水。ふたりは見知らぬ浜辺に流れ着いたものの、アレクシアは運悪く人買いに攫われ、娼館へと売られてしまう。リーランドという青年がアレクシアを娼館から助け出すが、彼は〝ディアナ〟という少女を助けたつもりであった。ディアナこそ、6年前に一度だけ出会った物乞いの少女——。彼女は無事に逃げ延びて、役者になっていたのだ。

グレンスター家の野望、ウィラードの野心

ディアナは、極秘の依頼を受け、〝王女の身代わり〟としてグレンスター公爵家に雇われていた。異国に嫁ぐ王女が体調を崩した時だけの代役と聞かされていたが、海上で王女が行方不明になってなお、身代わりを続けさせる公爵家に、不審を抱く。また、「王女」がラグレス城に滞在しているという話を聞きつけたガイウスは、一目で身代わりを見抜く。だが、不在のアレクシアの居場所を守るため、ディアナとしばし協力することに。

一方、アレクシアの異母兄ウィラードは、かつて処刑された王弟ケンリックの娘・セラフィーナと手を組み、ついに玉座への野心を露《あらわ》にする。

国王の愛妾《あいしょう》、アシリング家のリエヌ

死に瀕した国王の言動から、自《みずか》らの出生に疑いをもったディアナ。宮廷での御前公演を機に、とうとうアレクシアとディアナは再会を果たす。だが、自分たちの出生の秘密を確かめるため、アレクシアは生誕の地、小夜啼《さよなき》城を目指して、ひとり旅立つ。

当時の生き証人から語られたのは、驚くべきふたりの血の繋がり。アレクシアは国王エルドレッドと愛妾リエヌの娘、ディアナは王弟ケンリックと王妃メリルローズの娘だったのだ。だが、リエヌは密かに、同じ夜に生まれたふたりの赤ん坊をすりかえた。我が子、アレクシアを王女として生かすためだ。同時にメリルローズの娘——ディアナを攫い、修道院に預けたのである。

すべての真相が明らかになると同時に、国王崩御の報せがもたらされた。

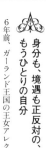

イラスト／ねぎしきょうこ

王女の遺言 4

The Princess and The Pauper

ガーランド王国秘話

第13章

1

ぼんやりした視界に、夜空の瞳が浮かんでいる。

誰より慕わしく、愛《いと》おしい、紺青《こんじょう》の双眸《そうぼう》だ。

アレクシアはその名をささやいた。

「ガイウス」

「お目覚めになられましたか」

身を乗りだしたガイウスが、気遣わしげに問う。

アレクシアはいつしか客室の寝台に横たわり、そのかたわらにガイウスが控えているのだった。

「わたしはいったい……」

「王宮からの急報を受けてまもなく、意識をなくされたのです」

ああ……そうだった。

カティア媼《おうな》に父王の崩御《ほうぎょ》を告げられたとたん、足許《もと》が泥のように崩れ、奈落《ならく》にひきずりこまれる心地にとらわれた。抗《あらが》うまもなくかしいだ身体《からだ》を、ガイウスの腕にだきとめられたところで、記憶はふつりと途切れている。

窓から忍びこむほのかな光は、すでに黎明《れいめい》の予感をたたえていた。

アレクシアは急《せ》いてたずねる。

「王権の移譲は？」

「陛下のご遺言と継承法に則《のっと》り、バクセンデイル侯を摂政《せっしょう》として、エリアス王太子が即位されます」

「……そうか」

アレクシアはひとまず安堵《あんど》する。さすがにこの時点で、継承順位を覆《くつがえ》そうとする動きはないようだ。

「即位宣言や、戴冠《たいかん》式の予定は？」

「それらについての言及はありませんでした。なんでも歴代の王が世を去るたびに、すぐさま第一報がこちらに届けられるのが、長年のしきたりとのことで。つまり――」

「為政者の代替わりによって、小夜啼鳥《さよなき》の処遇も変わるというわけだな」

速やかな解放か、あるいは死か。

その慣例がいまだ生きていることに、小夜啼城をめぐる血なまぐさい歴史をまざまざと実感させられる。

とはいえ辺境にいながらにして、いち早く宮廷の状況を知りえたのは僥倖《ぎょうこう》だ。

努めて私情を排するように、ガイウスは淡々《たんたん》と口にする。

「おそらくは数日以内に国王崩御の布告と新王即位の宣言が、続いて枢密院《すうみついん》顧問官の面々がバクセンデイル派の者らに一新され、早ければ半月ほどで戴冠式までこぎつけることになりましょう。なにしろ抜かりない侯のなさることですから」

「すべては摂政の意のままか」

アレクシアのつぶやきに、ガイウスも苦いまなざしでうなずいた。

「エリアス殿下……いえ、陛下のご年齢を考えれば、それもいたしかたないことではありますが」

いくらおとなびてはいても、いまだ十にも満たないエリアスにとって、外戚にして摂政のバクセンデイル侯は心強いうしろ楯《だて》になるはずだ。

しかしなにもかもが祖父の意向で決められ、自分はかたちばかりの許可を与えるのみという立場では、不安をおぼえずにいられないだろう。

賢い子だけに、いざ王冠を戴《いただ》くことの重圧と孤独に、心を押し潰《つぶ》されそうになっているのではないか。

「こんなときにかぎって、あの子のそばにいてやれないなんて」

アレクシアは歯痒《はがゆ》さに身をもたげるが、たちまち激しいめまいに襲われて、ガイウスに支えられる。

「お気持ちはわかりますが、まずはなによりもお休みにならなくては。さきほどから熱がひくご様子もありませんし」

「熱？」

「やはりお気づきではないようですね」

ガイウスはつと、アレクシアの額《ひたい》に片手をのばした。

ひんやりした指先が肌にふれ、鼓動《こどう》が跳ねる。しかしアレクシアはおとなしく、その心地好《よ》さに身をゆだねた。

「……情けないな。ほんの何日か旅をしただけというのに」

「慣れぬ下界で、知らず無理をかさねておられたのでしょう。しかも道中ではならず者に襲われ、カティア媼からは出生にまつわる秘密を明かされ、あげくに陛下の訃報《ふほう》までもが飛びこんできたのですから、身も心も悲鳴をあげられて当然です」

あらためて並べたてられると、とんでもない一日だ。

知らずこぼれた苦笑が、長い吐息に溶けて消える。

「不思議なものだ。いつか陛下が身罷《みまか》られるときがきたら、世界が崩れ落ちてしまうような気すらしていたというのに、現実にはわずかな予兆をおぼえることもなく、こうして息をし続けている」

「そうした実感は、じきに湧いてくるものではありませんか。いずれおのずと――」

知らしめられることになるだろう。宮廷に帰還すれば、否応《いやおう》なく。

そんな科白《せりふ》を呑《の》みこむように、ガイウスは沈黙する。

小夜啼城の平穏は、儚《はかな》いまやかしにすぎない。それでもせめていまだけは、傷《いた》んだ羽を癒《い》やすために、つかのまの鳥籠《とりかご》に微睡《まどろ》んでいたい。

アレクシアは両の瞼《まぶた》を閉ざし、つぶやいた。

「もうしばらく、こうしていてくれるか」

「野暮《やぼ》なことをお訊《き》きになる」

そうささやき、ガイウスは甘くほろ苦い背徳の接吻《せっぷん》を、アレクシアの額に降らせた。

2

「きみはなにも訊こうとしないのだね」

弾む息をなだめつつ、アシュレイがささやいた。

その片手は、ディアナの指先を優雅にとらえたままである。

来たる舞踏会に備えて、ふたりは王女の私室で宮廷舞踊のおさらいに励んでいた。

「パヴァーヌもガリアードも、基本は身体が覚えてるから」

一座の芝居では、王侯貴族の役柄を演じる機会も多いため、ひととおりの舞踊はこなすことができる。しかし曲の仕舞いにかわしあう、深いお辞儀では踏んばりがきかず、少々ふらついてしまった。やはり長く内廷にこもっているうちに、知らず身体がなまっていたらしい。

「踊りの作法のことではないよ」

アシュレイは目を伏せ、息を継いだ。

「きみとアレクシアの関係や、グレンスターの宿願についてさ」

ふたりの入れ替わりには、ディアナのあずかり知らぬ策謀が隠されている。

それは先日の御前公演の折に、アシュレイがほんの一瞬ながらアレクシアに剣を向けかけたことからしても、逃れようのない現実だった。

しかしディアナはなにも問わず、アシュレイもあえて告げようとはせず、真の敵味方をあいまいにしたまま、ふたりの協力関係はいまもぎこちない均衡《きんこう》を保っていた。

もはやグレンスターがどのような主張をしようと信用できないし、むしろアレクシアに託したこちらの思惑を悟られないように、用心しなくては。

そんな警戒を胸に、慎重な態度をとっていたつもりだったが、いまやディアナには自分が本当に恐れているものがなにか、あやふやになりかけていた。

アシュレイに心を預けることはできないとわかっているはずなのに、自分はそれを認めがたくて、まやかしの平穏を破ることを恐れているのかもしれない。

ディアナはさりげなく、とらわれたままの指先を抜き取った。

「……訊いたところで、あたしのするべきことに変わりはないもの」

「行方知れずの王女のために、立派に代役を務めあげるだけかい？」

「そうよ。じきにあの子と入れ替わるときまでね」

「きみはアレクシアが宮廷に戻ると信じているんだね」

どこか翳《かげ》りを帯びたつぶやきに、ディアナはひと呼吸おいて蒼《あお》ざめる。

「ねえ。それってまさか……」

「安心して。きみが恐れるようなことはなにもないから」

いまはまだ。そう言外に匂わされては、手放しで安心することもできない。

ディアナはいたたまれずアシュレイに背を向け、杯に注いだ水で喉《のど》をうるおした。

おそらくグレンスター一党は、一刻も早くアレクシアを発見し、人知れず始末することを望んでいる。

自分の力ではもうとめられないのだと、アシュレイはアレクシアに訴えていた。

彼女が宮廷に帰還しようとさえしなければ、殺さずにすむとも。

本来ならばアシュレイは、ディアナを手荒に脅してでも、アレクシアの潜伏先について口を割らせるべきだったはずだ。

にもかかわらず、彼はあの晩の顚末《てんまつ》について沈黙をつらぬいている。

それがアシュレイなりの誠意なのか。あるいは彼もまた、すべてをさらけだしたあげくにおとずれる、取りかえしのつかない決裂を恐れているのだろうか。

ちらとふりむけば、アシュレイは脇腹に片手を添え、わずかに顔をしかめている。折れた肋骨《ろっこつ》の痛みが、踊りの練習でぶりかえしたのかもしれない。

そんな様子は露《つゆ》ほどもうかがわせなかったので、いまだ完治してはいないことを忘れかけていた。そもそもあの怪我《けが》は、窓から転落したディアナをかばうために負ったものだというのに。

ディアナはうしろめたさもあいまって、アシュレイの嘘《うそ》の上手《うま》さに理不尽ないらだちをかきたてられる。

「その身体で舞踏会に顔をだすつもりなの？」

ついぞんざいな口を利いてしまう自分が嫌になる。

しかしアシュレイは気分を害するでもなく、やや決まり悪そうに笑いかえした。

「大丈夫だよ。王姉殿下のお相手として、無様な姿をさらしたりはしないから」

「そうじゃなくて、あなたの怪我に障《さわ》るんじゃないかってことよ」

「心配してくれるのかい？　優しいね」

アシュレイがにこりとほほえむ。

ディアナは気まずく視線を逸《そ》らした。

「……だってそもそもの原因はあたしだもの」

「気に病むことはないよ。あれはむしろぼくが」

きみを追いつめたせいだ——とでも続けようとしたのか、アシュレイは反駁《はんばく》のなかばで口をつぐんだ。

おそらく彼は、あの日の事故に至った経緯を、すでに思いだしている。そして不用意にディアナを動揺させては碌《ろく》なことにならないと、用心しているのだろう。

「ともあれ当日までには、本調子で臨《のぞ》めるようになるさ」

すでにエリアスは王宮の大広間での即位宣言を無事にすませ、十日後の戴冠式には、ガーランド各地から諸侯がかけつける。国を挙げたその祝祭の一環として、盛大な舞踏会も催される予定なのである。

「たとえそうでなくても、きみの相手を他の男に譲るわけにはいかないよ。あらゆる意味でね」

「頼もしい心意気ね」

肩をすくめて受け流しつつ、杯をかかげてみせる。

「あなたも飲む？」

「ありがとう。いただくよ」

個人的な心情についてはともかく、これからますます避けられなくなるだろう公《おおやけ》の席において、アシュレイがそばについていてくれるのは頼もしかった。

杯を手渡しながら、あらためてこちらの意気も伝えておく。

「代役を見破られないように、あたしもがんばるわ」

「ではひとつ注文をつけてもいいかな？」

「遠慮なくどうぞ。必要ならひとりでも稽古《けいこ》しておくから」

「それどころかきみの踊りは魅力的すぎるんだ。悩ましいのはまさにそこでね」

「え……え？」

とっさの解釈にまどい、ディアナはしばしまごついた。

あえてのきわどい言葉選びに、まんまとひっかかっているあたり、アシュレイが上手《うわて》である。

「つまりアレクシアは、壊滅的に踊りが下手なの？」

「そこまでひどくはないよ」

あけすけな問いに苦笑しつつ、アシュレイは説明した。

「むしろ身ごなしそのものは、名手と評してさしつかえない水準だ。けれどこうしていざきみと比べてみると、まるで空気を相手にしているようだったなと」

「ふうん」

「誰と組もうと、等しく礼儀正しく接するのが王女の務めだから、おのずとそうなるものなのかもしれないね。そういえばいつのことだったか、舞踏会は昔から苦手にしていると本人もこぼしていたな」

相手は選《え》り好みできず、踊る楽しさに身を任せるわけにもいかず、おまけにしくじりは決して許されないときては、華やかな舞踏会もたしかに肩が凝《こ》るばかりだろう。

そもそもアレクシアには、心から打ち解けて踊れる相手などいたのだろうか。

「彼女が自分の護衛官と踊ることはなかったの？」

「ガイウス殿とかい？　どうだろう」

アシュレイはしばし宙に視線を投げる。

「ぼくの記憶にはないな。いざというときのために、常に同席はしていたはずだけれど」

「そう」

ではガイウスはひたすら内心を押し隠しつつ、他の貴公子と踊るアレクシアの姿を、目で追い続けるしかなかったのか。長らくそんな日々を送っていれば、人相も悪くなろうというものである。

「そのガイウス殿のことだけれど」

アシュレイがおもむろにきりだした。

「どうやら所在がわからなくなっているらしい。アンドルーズ邸から姿が消えたとの報告があった」

「え……いつから？」

ディアナは身をかたくする。

身代わりの秘密を知るガイウスを、グレンスターが野放しにするはずはない。とはいえしばらくは謹慎の身であるし、生家で養生に努めているうちはひとまず安全だろうと考えていたのだ。

「少なくともここ数日の話ではないようだ。すでにアレクシアと合流し、王都を離れて身を隠しているのかもしれない」

だとしたら行き先は小夜啼城だろうか。

あの主従がひそかに行動をともにしているのなら、こちらとしても安心だ。ガイウスはアレクシアの身の安全を最優先に考えるだろうし、アレクシアもそんなガイウスを誰より信頼して動くことができるだろう。

「つまりアレクシアたちの居処《いどころ》もわからないままなのね」

「アーデンの町からやってきた新入り三人組が、しばらく《天空座《てんくう》》に居候《いそうろう》していたことまではつかめたのだけれどね」

「…………」

内心ひやりとしながら、ディアナは杯を握りしめた。

じきに突きとめられるものと覚悟してはいたが、アレクシアのみならずリーランドたちにまでいかに危ない橋を渡らせているか、否が応でも実感させられる。

ディアナは息をひそめるように、杯をかたむけるアシュレイをうかがう。

「でもあなたはなんだかおちついているみたい。グレンスターにとってはまずい状況なんじゃないの？」

「そうだね。ただぼくは」

アシュレイはつと窓に視線を投げる。

「このままふたりが永遠にみつからないことを、期待してもいるから」

「アレクシアたちが、二度と宮廷に戻ろうとしなければいいっていうの？　だけどそんなことってありえないわ」

「どうかな。彼のほうはすくなからず望んでいそうなものだけれど」

「ガイウスが？」

「たとえレアンドロス殿下との婚約が白紙になったとしても、アレクシアが王族であるかぎりふたりが結ばれることは叶わないからね。王室と縁のある公爵家ならまだしも、侯爵家の嫡男《ちゃくなん》では身分が釣りあわない。政略としても無意味どころか、国内貴族の軋轢《あつれき》を生む悪手《あくしゅ》でしかないから、誰の同意も得られないだろう」

ディアナは胸をつかれて沈黙する。

アレクシアに対するガイウスの想いは、疑うまでもない。そして我が身の危険もかえりみず、ガイウスを処刑台から救いだしたアレクシアもまた、献身的な護衛官に特別な絆《きずな》を感じているはずだ。

もしもあのふたりが、いまこそ王女の務めも主従の軛《くびき》もかなぐり捨てて、市井《しせい》でしかつかめない幸福を望んだとしたら。

アレクシアがそんな無責任なことをするはずがない。

そう信じていながらも、ディアナの胸は不穏にざわついた。

アレクシアとディアナ。ふたりの未来の天秤《てんびん》がどうかたむくかは、いまやアレクシアの選択如何《いかん》に握られているのだ。

エリアスの新生活は、亡き父王エルドレッドの居室にて始まった。

王太子時代のように、身軽に姉を見舞うこともできなくなり、いまではディアナのほうから謁見《えっけん》を求めておとずれる日々である。

今日もエリアスは、所在なさげにディアナを迎えた。

「この部屋ですごすのは、まだおちつかなくて」

「わかるよ。わたしもなんだかいたたまれないもの」

なにしろつい先日まで、病身のエルドレッド王が暮らしていた部屋だ。しかも寝具などをのぞき、調度はほぼそのままときては死者の存在感が色濃く、そこかしこに染みついた先王の息遣いが、いまにも耳に流れこんできそうである。

「あまり顔色が良くないみたいだけれど、無理をしていない？」

「大丈夫です。慣れない寝台のせいか、このところ眠りが浅いだけですから」

「それも続けば充分に辛いものだよ」

ディアナは心の底から同情する。もしも自分が同じ生活を強《し》いられたら、エルドレッド王に首を絞めあげられる悪夢に夜毎《よごと》うなされそうだ。

「わたしが夜な夜な窓から忍びこんで、寝物語でもしてやれたらいいのだけれど、いまは階が離れてしまったからな。でも敷布を縄の代わりに垂らして、慎重に伝い降りればなんとか……」

「そ、それはおやめください！　さすがに危なすぎます」

「そう？」

「お気持ちだけで充分ですから」

「なら生霊《いきりょう》になって飛んでいこうかな」

「ふふ。姉上ならおできになりそうですね」

たわいないやりとりで、エリアスの気分も上向いたようだ。

さっそく奥の間にうながされながら、ディアナは提案する。

「せめて内装を好みのものに替えてみたらどうかな。敷きものや壁かけだけでも、王太子時代の部屋から移してきたら、多少は居心地が好くなるかもしれない」

「わたしの侍従たちからもそうした声はあがったのですが、しばらくは手を加えずにいるべきだと」

「摂政のバクセンデイル侯が？」

「はい。王権がつつがなく受け継がれていることを知らしめるには、そのほうが得策だとおっしゃって」

「それではまともにくつろげないだろうに」

「しかたがありません。わたしのためのお取り計らいですから」

幼い新王を不安視する向きがあるからこそ、あえてエルドレッド王の威光を借りることで、エリアスの正統性を印象づけるという手も理解できなくはない。しかしそれこそエリアスの尊厳をないがしろにしているようで、もどかしさをおぼえずにいられない。

「あ。でも嬉《うれ》しい届けものがあったばかりなんです」

エリアスはディアナの手を取り、いそいそと寝室にかけこむ。

まず目にとまるのは、病臥《びょうが》のエルドレッド王が息をひきとった、豪壮な寝台だ。独り寝の少年にはあまりに広すぎるのが滑稽《こっけい》で、痛ましい。それを横目に、エリアスはディアナを壁際までいざなった。

「これは――」

ディアナはたちまち目をみはる。

あたかも金縁の壁かけ鏡をのぞきこんだかのように、そこにはもうひとりの自分の姿があった。

「わたし《アレクシア》の肖像画がついに完成したのか」

「さきほどカルヴィーノ師が、手ずからお届けくださいました。陛下のご意向はうかがえないままになってしまったので、大幅な描き替えはせず額装にかかられたそうです。繊細な彫りこみの流れが、肖像をより生き生きと感じさせるようですよね」

浅浮き彫りの蔓薔薇《つるばら》紋様には金箔《きんぱく》がほどこされ、たしかにそのきらめきが絵画そのものにも生命の躍動感を与えているようだった。

「額縁ひとつで、また印象が変わるものだな」

ディアナは感嘆しつつ、存在感を増したアレクシアに脅《おびや》かされるような、奇妙なおちつかなさにとらわれる。

そんな内心を気取られないよう、つとめてほがらかに訊いた。

「飾るのはここに決めたの？」

「はい。こちらでしたら寝台に横になっていても、緞帳《どんちょう》をあげるだけでいつでもながめることができますから」

「それもなんだか気恥ずかしいけれど」

想像でアレクシアの気持ちを代弁しながらも、エリアスを騙《だま》しているという罪悪感が胸にたちこめる。これも代役の務めだと割りきり、慣れてきたつもりでもいたのに、このところいまひとつ調子がでない。

「姉上に見守っていただいている気がして、今夜からはよく休めるようになるかもしれません」

「そうなればわたしも嬉しいな」

ディアナはすかさずほほえみかえした。この肖像は正真正銘《しょうしんしょうめい》アレクシアのものなのだから、やましいことはない。きっとアレクシアも、こんなときこそ弟のそばにいてやりたいと望んでいるだろう。遠方から寄せる彼女の思念がこの似姿に宿り、エリアスにも届けばいいと願わずにいられない。

「いよいよ戴冠式も近づいてきたし、しっかり寝て、しっかり食べて、晴れ舞台に備えなければね」

「はい」

エリアスは神妙にうなずいてみせ、

「姉上も式典の準備でお忙しいですか？」

「そうなんだ。今日もこのあと、衣裳《いしょう》の仮縫いが待っていて」

エリアスの戴冠を控え、ディアナも式典用の正装一式と舞踏服を、大急ぎであつらえることになったのである。

王室の衣裳係が、洗練の極みをめざして腕をふるうさまは鬼気迫るものがあり、あくまで代役の身としてはいたたまれなくもある。先日の採寸では、アレクシアの体型との微妙な差異に首をかしげられはしないかと、ひやひやしてしまった。

「わたしは昨日あらかた終えたところなのですが、なんだか不安が増すばかりで」

エリアスが悄然《しょうぜん》とうつむき、ディアナはとまどった。

「どうして？」

「戴冠式の式次第はもうご覧になりましたか？」

「うん。まだ受け取ったばかりで、ちゃんと把握してはいないけれど」

馬車行列で大聖堂に向かう順序から、戴冠の儀式——華々しい奏楽に、祭壇での宣誓や大主教による聖油の清めを経て、王笏《おうしゃく》や宝珠や王冠を授けられるに至るまでの一連の流れが、こと細かに記されていた。

もちろんすべては、式典長を兼ねるバクセンディル侯の采配《さいはい》である。

王族として参列するディアナも、当日までに所作からなにからアシュレイの指導を受けつつ、頭と身体に叩きこむことになるだろう。

「ご存じですか？　わたしの儀式服は、ローブの裳裾《もすそ》が背丈の二倍もあるんです」

「そんなに？」

たしかその裳裾を、王家の娘であるアレクシアとセラフィーナが捧《ささ》げ持ちながら、祭壇まで向かうとあったはずだ。

「ただでさえ足許がおぼつかないのに、四人の諸侯がわたしを取りかこんで、天蓋《てんがい》の支柱を掲げながら長い身廊《しんろう》を歩き続けるなんて……。よろめいたわたしが彼らを巻き添えにして、天蓋まで総崩れになったりしたら、みっともないだけではすみません」

「そんなことは……」

絶対にないと断言し、励ますのは簡単だ。

だがそれではきっと、エリアスの心には響かない。たとえ万にひとつでも、失敗の可能性が残されているかぎり、不安はいや増すばかりだろう。

そしてその心性は、おそらくアレクシアも共有しているものだ。ささいな逸脱がもたらす影響を恐れるあまり、なにをするにも守りに徹さずにはいられない。その意識こそが、かつての舞踏会での印象の希薄さにもつながっていたのではないか。

ずだ。

に萎縮《いしゅく》するエリアスの心を、なんとかほぐしてやりたいという望みは、彼女らしくあるはずだ。

だからこれからする助言は、アレクシアらしくはないかもしれない。しかし責任の呪縛《じゅばく》に萎縮するエリアスの心を、なんとかほぐしてやりたいという望みは、彼女らしくあるはずだ。

「エリアス」

ディアナは膝《ひざ》に手をつき、エリアスと視線をあわせた。

「おまえは失敗の一番の原因を知っている？」

「……努力不足ですか？」

ディアナは首を横にふってみせる。

「失敗を怖がることだよ。でもおまえが怖がる必要なんて、どこにもないんだ。そもそも失敗したくてもできないんだから」

「どういうことでしょう？」

利発なエリアスも、さすがにとまどいをあらわにしている。

ディアナはいたずらっぽく声をひそめた。

「慣れない儀式服に足をとられて倒れこんだとしても、そのときはすぐさまわたしが助けにかけつければいいいだけだもの」

「それはありがたいお心遣いですが、わたしが無様な姿をさらしたことには取りかえしがつきません。とてもガーランドを治めるに足る器《うつわ》ではないと、諸外国につけいる隙《すき》を与えることになるやも……」

「それどころか、新王の治世がいかに安泰かを印象づける、絶好の機会だとは考えられない？」

「え？」

「わたしはじきにローレンシアの王太子妃となる身だろう？　そのわたしが弟のおまえをまっさきに支え、守ろうとするさまに、名だたる列席者はわたしたちの強い絆を感じとるはずだ。血を分けた姉弟《きょうだい》の特別な絆は、たとえ遠く離れても生涯にわたって変わることはないだろうとね」

　エリアスの瞳に、ようやく理解の色が浮かぶ。

「つまりわたしにはローレンシアという強力な友がついていると、あらためて意識させる効果があるということですね」

「そういうこと」

　ガーランドを侮《あなど》れば、ローレンシアが黙ってはいない。

　もとよりそれを知らしめるための政略結婚である。あからさまな裏切りは国家の体面にかかわるので、当面はローレンシアが味方でいてくれるだろう。

「どうせ蹴つまずくなら、いっそ派手に転んだほうが劇的で、のちの世まで語り草になるかもしれない。いまのうちに練習しておこうか？」

「さすがにそれは」

エリアスはおかしそうに笑った。

「でも、おかげでなんだか気持ちが楽になりました。姉上さえそばで見守っていてくだされば、なにがあっても我を忘れずに乗りきれそうです」

「その意気その意気」

ディアナはここぞとばかりに力説する。

「おまえは王太子から国王になるんだから、これからは守りより攻めの姿勢を心がけるといい。舞台で芝居をするときも、緊張で萎縮すると、とたんに演技がつまらなくなりがちなんだ。覇気《はき》のない演技は、それだけで観客の心をつかむ力をなくしてしまうから、自信があるふりをするだけでも違うものだって……とある役者が教えてくれたよ」

「先日の御前公演の折にですか？」

「そうそう」

なんとかごまかしつつ、ディアナはふと考える。

アレクシアもこれからは王の娘から王の姉に——従属する者から補佐する者になるのだとしたら、いまこそ攻めのふるまいに転じても、違和感なく受けとめられるのではないだろうか。

自分はあくまでアレクシアの身代わりにすぎず、いつまでそれを続けることになるかもわからない。けれどいまここでエリアスを支えてやれるのは自分だけだ。

アレクシア以上にアレクシアらしく――。

湧きあがる闘志は、どこか対抗心にも似ているようで、ディアナの胸にはしばしのあいだ、もてあました熱が満ち潮のようにたゆたい続けていた。

3

「こんなところにおいででしたか」

そう呼びかけられ、廊の窓辺にたたずんでいたアレクシアは、我にかえった。

ふりむけば、息を弾ませたガイウスが、こちらにかけつけてくるところである。

「昨日ようやく寝台を離れられたばかりというのに、このようにふらふらと歩きまわられては御身に障ります」

「平気だよ。もうすっかり熱もひいたのだから」

「だとしても、病みあがりであられることに変わりはありません」

「あいかわらず大袈裟《おおげさ》だな。大病で長く臥《ふ》していたというわけでもないのに」

アレクシアは苦笑する。いつもながらのやりとりも、おたがいに艱難《かんなん》を乗り越えたいまとなっては、妙にこそばゆい。

しかしガイウスはあくまで真剣な顔だ。

「大病も同然ですよ。終始うなされるほどの高熱で姫さまが寝つかれることなど、久しくなかったのですから。いまは養生に努められるのが、なにより肝要です」

「……そうだな」

アレクシアは神妙に、毛織の肩かけをかきあわせた。

結局あれから熱はさがらず、アレクシアは両手の指を数える日々を、ほとんど寝たきりですごすことになったのである。

朦朧《もうろう》とした意識のかたすみで、常に感じていたのはガイウスの存在だ。

昼夜を問わずに付き添い、なにくれと世話を焼いてくれていたらしい。

それが護衛官としての義務感からだけではないと信じられるのが、気恥ずかしくも嬉しかった。

「なにをご覧になっていたのです？」

ガイウスが隣に並び、ゆがんだ硝子《ガラス》窓の外に目を向ける。ここ城館の三階からは、城壁にかこまれた内庭が一望できるのだ。

「おまえが剣術の指南をしているのをながめていた」

「子どもたちの遊び相手ですよ。わたしがセルキスの世話をしておりましたら、彼らが手を貸してくれたので、その礼の代わりです」

井戸端に集った少年たちは、いまも夢中で剣戟《けんげき》の真似《まね》ごとに興じている。彼らは城主のキャリントン家と、その家臣の息子たちだという。かんこんかんと、木の棒で打ちあう音が、秋空に響いて小気味よい。

「騎士さま騎士さまと手あわせをせがまれて、すっかり人気者だな」

「王都からやってきた客人が、ものめずらしいのでしょう」

カティア媼のはからいで、ここに王女アレクシアが滞在していることは、できるかぎり伏せられている。城で暮らしを営む者のほとんどは、王族に連なる令嬢とその護衛役が、しばらくの保養のためにおとずれたと認識しているようである。

ひと昔まえまではまさにそうした目的に利用されていたうえ、来訪早々にアレクシアが寝ついたこともあり、特段不審がられている様子はないという。

ガイウスにうながされ、アレクシアは廊を客室に向かいだす。

「わたしも近いうちに、あの子たちに交ざって稽古をしてみようかな」

「とんでもない。あの者たちを姫さまに近づけるわけにはまいりません」

「なぜ？」

「ただのわたしの悋気《りんき》です」

ふた呼吸ばかり遅れて、アレクシアは頬《ほお》を赤くする。

「そ、そのように堂々と、おまえは恥じらいというものを知らないのか！」

「存じておりますよ。ですから姫さまのお耳にしか入れません」

さらりとかえし、ガイウスは口の端をあげてみせる。

アレクシアはたちまちめまいをおぼえた。

「……なんだかまた熱があがりそうだ」

「それはいけませんね」

するとガイウスは断りもなく、ひょいとアレクシアを横抱きにかかえあげた。

「ガイウス！　やめないか。自分の足で歩ける！」

アレクシアはじたばたともがくが、

「そのように暴れては熱がぶりかえしますすよ」

「いったい誰のせいだと――」

アレクシアは非難の続きを呑みこんだ。廊の先から歩いてくる、カティア媼の姿に気がついたのだ。茶器をのせた盆を手に、みずからアレクシアの様子をうかがいにきたところらしい。

「あらあら。仲がおよろしいこと」

足をとめた媼が、ほほえましげに笑う。すでになにもかも承知しているといわんばかりのまなざしに、アレクシアの羞恥《しゅうち》は募るばかりだ。

実際カティア媼だけは、現在のアレクシアのおかれた状況を把握していた。倒れた主《あるじ》に代わって、ガイウスがこれまでの経緯を説明したところ、宮廷で孤軍奮闘するディアナのためにも、できる手助けは惜しまないと約束してくれたという。

結局アレクシアは、床に足をつけることなく客室までたどりついた。

暖炉《だんろ》の火で媼が淹《い》れてくれた香茶を、ガイウスとともにしばしたしなむ。

淡い萌黄《もえぎ》色の茶には、親指の爪《つめ》ほどの緑の生葉が浮かび、揺らぐ湯気とともに涼やかな芳香が胸いっぱいに広がる。

アレクシアはほうとため息をつき、

「この葉は薄荷《はっか》に似ていますね。さわやかさのなかに、ほのかな甘さが香りたつような……」

「丸葉薄荷《アップルミント》ですわ。林檎《りんご》のような風味がいたしますでしょう?」

「ええ。とても瑞々《みずみず》しい気分になります」

「薬草として、胃腸の働きを整える効果もありますのよ。もう何日もろくにお召しあがりになっていないのですから、これからは栄養たっぷりの料理をもりもりたいらげていただかないと。そちらの献身的な騎士さまもね」

「……恐縮です」

ガイウスが身じろぎする。どうやら病床のアレクシアにつきりでいたがために、食事もおろそかになりがちだったことを、知られたくなかったらしい。

アレクシアは居心地悪そうなガイウスをうかがった。

「わたしがそばにいてほしいと、せがんだせいか？」

「むしろわたしがそうしたかったのです。姫さまがお目覚めになられたときに、まっさきにお望みに応《こた》えられるように」

「そんな無理をさせたかったわけではないのに」

「ですからわたしが勝手にしたことで」

カティア媼そっちのけのやりとりをかわしていると、

「おふたりを拝見していると、エルさまとダリウス公のご様子が思いだされますわ。ことさらご性格が似ているというわけではないのですけれど、とても仲睦《むつ》まじいご夫婦でいらして」

「カティア媼。わたしたちは決してそのような仲では」

アレクシアはあわてふためくが、カティア媼はにこにこと受け流すばかりだ。

「さようでございますか」

「それにそもそもわたしには――」

「おのれの恋をまっとうすることは許されないと？」

「……そうです」

するとカティア媼は笑みをたたえたまま続けた。

「ですがあなたさまは、もはや正統な王女であるとは認められぬお生まれなのではありませんか？」

「しかし姫さまは——」

ガイウスがすかさず抗議の声をあげる。

しかし媼はそれを目線でとどめ、アレクシアの反応を待った。

ふたりの視線を受け、アレクシアは両手に碗《わん》を握りしめて問いかえす。

「カティア媼。わたしがおのれの出自を知りながら、あくまで王女の地位にあり続けることを、あなたは罪であるとお考えですか」

「まさか。そうではなく、ガーランド王女としての責務に縛られることはないと申しあげているのですよ」

「え？」

「もしもあなたさまが、このまま人知れず姿をお隠しになることをお望みなら、わたくしは喜んで力をお貸しする所存でございます。わたくしにもまだいくらかは有力な伝手《つて》がありますから……そうですわね、たとえばうんと遠い土地に渡られて、あらたな人生を始めるための手筈《てはず》を整えることはできますよ。たとえばローレンシアのような異国の地などはいかがかしら？」

その異国の名に含みを感じ、アレクシアははっとする。

ガイウスもいつしか隣の席から身を乗りだし、

「いにしえのアデライザ姫のように、ということですか?」

「小夜啼城には、代々の当主が受け継ぐ《小夜啼鳥》の記録がございます。けれどアデライザ姫の処遇については、詳しい書きつけがなにひとつ残されておりませんの。もともと古い年代ではありますけれど、まるごと抜けている——というより故意に破棄された形跡があるのですわ」

アレクシアは目をみはる。

後世に残すべき記録があえて消されたのは、それが偽《いつわ》りであったことを意味するのではないか。つまりアデライザ王女が非業の死を遂げたという逸話は——。

アレクシアはおもわずガイウスと視線をかわしあい、おたがいの瞳をのぞきこむまえに我にかえって、とっさに目を逸らした。

カティア媼はひそやかに笑んだ。

「真相は闇《やみ》に葬《ほうむ》られて久しいですが、キャリントン家は存外したたかにたちまわってきたということです。王権が移り変わるたびに、正も邪も反転するのですから、それが長年の生き残りの術《すべ》となったのでしょうね」

「……ではわたしとディアナの出生については?」

「もちろんありのままに記録され、当主の書斎に鍵をかけてしまわれておりますわ。いまは生き証人のわたくしどもがおりますが、いずれ王家を脅かす秘密となる可能性を考慮して、すべてを焼き捨てることになるやもとは考えておりました」

　ローレンシアに嫁いだ王女が、庶子《しょし》であるという事実が洩《も》れれば、たしかに厄介《やっかい》なことになりそうだ。

「ですからいまなら、王女としてのあなたさまを存在ごと消してさしあげることもできます。あなたが心からそう望まれるのでしたら」

「存在ごと……」

　カティア媼のまなざしは、つつみこむようないたわりに満ちていた。

　肩を並べたガイウスが、息を殺しているのを感じる。愛おしさと痛ましさの交錯《こうさく》するその視線を頬に受けながら、アレクシアはまっすぐにカティア媼をみつめかえした。

「お心遣いに感謝します。とても……心惹《ひ》かれるご提案ではありますが」

「アレクシア王女としての生をまっとうなさりたいと」

「はい」

　いまや高熱とともに荒ぶる感情がすべてあふれきり、澄《す》んだ泉水に満たされたように心は凪《な》いでいた。

　昨日ガイウスから、海岸で離れ離れになって以降の経緯についてあらためて報告されたときも、衝撃を受けつつ、冷静に呑みくだすことができた。

グレンスターの策謀。ディアナの奮闘。ガイウスの苦難。

そしてアレクシアの不在を、すぐさま見抜いたエリアス。

それを知ったとき、すでに心は決まっていたのかもしれない。

「じきにガーランド宮廷を離れる身ではあれど、いまこそあの子の――エリアスのそばにいてやりたい。それがいまのわたしの嘘偽りのない望みです。それにディアナにも、わたしの母の所業を伝えなければなりません」

そしてすべてを知ったディアナがなにを感じ、なにを望むか。

逃げずにそれを受けとめなければ、もはや先へ進めない。

カティア嫗はうなずき、ガイウスに身体を向ける。

「あなたのほうはそれでもよろしいのかしら？」

「わたしは姫さまのお望みに従うだけです」

「それは護衛官として？　それとも」

「いずれもです」

ガイウスの声音《こわね》に迷いはない。

しかしカティア嫗は小首をかしげた。

「けれどあなたはいまにも姫さまを愛馬の背に攫《さら》いあげて、どこぞに駆《か》け去りたいようにお見受けいたしますわ」

「そ、そんなことは」

「そうなのか？」

アレクシアはたじろぐガイウスに問う。

ガイウスはいたたまれぬように目を伏せた。

「……お許しください。身勝手な男の夢物語です」

「謝ることなど」

むしろ嬉しいくらいだ。彼がそれを安易に口にしなかったことも。

「案ずることはない。どこにいようと、わたしの心はおまえのものだ」

きっぱりと告げ、ほほえんだアレクシアをガイウスはまじまじとみつめ、やがて耐えきれないように片手に顔を埋めた。

「まったく……あなたというかたは」

「なんだ」

「姫さまこそ、恥じらいというものを身につけていただきたい。そのような必殺の口説き文句は、もっと勿体《もったい》をつけて、第三者のいないところで口にするものです」

なじるようにかえされて、アレクシアはたまらず赤面する。

「わ、わたしにそのような高度な手管《てくだ》を期待されても困る」

「しかしこれではわたしの心の臓が保《も》ちません」

「知るものか！」

しかしカティア媼までもが胸許に手を押しあてて、

「どうしましょう。わたくしも胸が苦しくなってまいりましたわ」

そんなことをのたまうので、アレクシアはぎょっとして腰を浮かせる。

「媼。動悸《どうき》がするのなら横になられたほうが」

しかしカティア媼はころころと笑うばかりである。

「まあ。そのように年寄り扱いされては困りますわ。わたくし姫さまのおかげで身も心もすっかり若がえって、まだまだ生きられそうな気がしてまいりましたのに。みなさまがたがそろってこの難局を乗り越えられるまでは、おちおち死んではいられませんわ」

「……どうかほどほどにな」

カティア媼は生き生きと続ける。

「さっそくにも宮廷のディアナさまと、あらためてお会いになるための策を練らなければなりませんね。あちらが王宮を離れられる機会を狙うのであれば、近く聖アルスヴァエル大聖堂での戴冠式が控えておりますが」

その手があったかと、アレクシアは目をみはる。

しかしガイウスはすぐさま懸念をあらわにした。

「たしかにおっしゃるとおりですが、いまからではあちらと連絡を取ることもままなりませんし、衆人環視の式典で入れ替わるとすれば、予期せぬ騒動で攪乱《かくらん》するくらいしか手がありません。姫さまとディアナをめぐる出生の秘密は、グレンスターのみならず姫さまにとっても弱みとなりえますから、姫さまの御身の安全を第一に、より慎重な策を練るべきかと」

もっともな主張を受け、アレクシアはふとつぶやく。

「いっそエリアスの力を借りて、うまく収めることはできないだろうか」

「おふたりの出生をめぐる因縁《いんねん》について、つまびらかになさるのですか？」

ガイウスはとまどい気味に問いかえす。

「そう。ディアナが父方の従姉《いとこ》にあたると知れば、エリアスも決して悪いようにはしないはずだ。そもそも彼女がわたしの身代わりを務めていると承知のうえで、さりげなく協力を続けてくれているのだし」

すでにエリアスは察しているのではないか。姉とそっくりの姿をした謎の娘は、かつてアレクシアが市井でめぐりあった、もの乞《ご》いの少女にほかならないと。

「しかしそれは、グレンスター一党の奸計《かんけい》をいまだご存じないからです」

納得しかねるのか、ガイウスは難しい表情だ。

「両者の血のつながりと、なぜに姫さまがこれまで市井に身を潜めていらしたかを考えあわせれば、おのずと彼らの宿願も浮かびあがりましょう。未来永劫《えいごう》その企《たくら》みを打ち砕かんとするならば、実権を握る摂政の力添えが不可欠となりますが……」

「気がかりなのは、バクセンデイル侯が穏便にすませてくださるかどうかだな」

王女アレクシアの正統性に傷がつき、政略結婚の駒《こま》としての価値が失われることは、侯としても避けたいだろう。しかし王女を弑《しい》してはばからないグレンスターの所業を、看過《かんか》することもできないとなれば、どんな手を打つかはおおむね想像がつく。

ガイウスは腕を組んで考えこみ、

「なんらかの罪状をでっちあげてグレンスター父子《おやこ》を処刑台に送り、爵位も領地もすべて没収するくらいのことはなさりそうですね。ラグレスの港を王家の直轄《ちょっかつ》領とすれば、新王の御為にもなりますので」

「むしろ躊躇《ちゅうちょ》する理由もないか」

アレクシアは苦いため息を吐きだしながら、

「それにディアナの身の安全も、はたして保証していただけるかどうか」

「怪しいものです。侯にとっては、庇護《ひご》するべき理由のない娘ですから」

いまさら王女として扱うこともできず、それでいてどんな利用のされかたをするかもわからない王女と生き写しの娘など、禍《わざわい》の種でしかない。そう考えて、後顧《こうこ》の憂《うれ》いを断っておこうとしてもおかしくはない。

状況は依然として一筋縄ではいかないようだ。

静まりかえった部屋に、小夜啼鳥の歌が流れこんでくる。

水晶の鈴を鳴らすような、涼やかな鳴き声は、惚《ほ》れ惚《ぼ》れするほどに美しい。

しかしいまばかりは、あの世の者をも慰《なぐさ》める透きとおった呼び声に、言い知れぬ不安をかきたてられてならなかった。

4

祝福のトランペットが、秋空に高らかな黄金色の矢を放つ。

そのきらめきが降り注いだかのように、金獅子《じし》像を飾った八頭だての儀装馬車は、神々しい輝きを放っていた。

白馬の近衛《このえ》兵に先導された馬車行列は、いよいよ聖アルスヴァエル大聖堂に到着しようとしていた。

歴代のガーランド王たちが、王宮から同じ路をたどり、戴冠の式に臨んだのだ。

あらためてその歴史を意識し、ディアナはとてつもない感慨と緊張にとらわれる。

そんなディアナの隣の席には、おそろいの純白の正装に身をつつんだセラフィーナが、向かいにはすでに儀式服一式をまとったエリアスが座っている。白貂《アーミン》の毛皮に縁どられた真紅の天鵞絨《ビロード》のローブは、長い裳裾が床を埋めつくすほどで、身じろぎするだけで息切れしそうだ。

事実エリアスはさきほどから、浅い呼吸をくりかえしている。

「エリアス。気分が悪いの？」

「……たいしたことありません。ただいくらか緊張してきたみたいで」

気丈に応えるものの、その声は弱々しく、すでに顔色は蒼白だ。

ディアナはすかさず身を乗りだし、

「ほら。いまこそあのおまじないを唱えるときだよ」

こわばるエリアスの手を握りしめ、できるかぎり溌剌《はつらつ》と語りかける。

セラフィーナもエリアスの気分をほぐそうとしてか、

「まあ。そのような秘策がありましたの？」

ほがらかにたずねると、エリアスはぎこちなくはにかんだ。

「大切な儀式を控えるわたしに、姉上が伝授してくださった心得です。守りではなく攻めの気概で挑めば、失敗の痛手すら吉に転じる道が開けるものだと」

セラフィーナは真摯《しんし》に傾聴し、ディアナに感心のまなざしを向けた。

「王女として、あまたの式典に列席されてきたあなたならではのご助言ね」

「いえ！　その……おそれいります」

誤解を訂正することもできず、ディアナはしどろもどろになる。

そんな様子に心なごまされたのか、エリアスはくすりと笑った。

緑の瞳から怯《おび》えの印象は拭《ぬぐ》いきれていないものの、それでもつないだ指先にふりしぼるような力がこもるのを感じて、ディアナもしかと手を握りかえす。

やがて行列は悠然たる歩みをゆるめ、先をゆく貴人たちが続々と、大聖堂の石段から身廊に吸いこまれていくさまがうかがえた。

うやうやしく足台が用意され、敬礼とともに扉が左右に開かれる。

とたんに洪水のような歓声が流れこんできて、三人はしばしその勢いに呑まれた。それでもいち早く覚悟を決めたエリアスに続き、ディアナたちも腰をあげる。

奏楽隊と聖歌隊による華々しい盛奏が、なおいっそう群衆を湧かせるなか、それぞれに国璽《こくじ》や権標、金銀の笏などを捧げ持つ諸侯に先導されたエリアスが、緋《ひ》の絨毯《じゅうたん》の敷かれた身廊を進んでゆく。

最奥の祭壇に待つのは、儀式を執り行う大主教と、空席の玉座である。

天蓋の支柱を掲げる四人と足並みをそろえ、玉座に視線を定めたエリアスは、一歩ごとに王者の侵しがたい威厳を身にまとわせつつあるようだ。

その裳裾を、歩みの妨《さまた》げとならないよう捧げ持つディアナの胸に、ふと熱いものがこみあげてくる。

このままとどこおりなく戴冠の儀式を終え、神の認めたもうた新王として、あらためてランドール市民に祝福されるエリアスの姿を、早くまのあたりにしたい。

アレクシアの代わりにすべてを見届け、それを伝えるのだ。

逸《はや》る気持ちをなだめつつ、ふたたび足許に意識を集中させようとしたときである。

両腕に受けとめていたはずの天鵞絨の裳裾が、ふいにするりと逃げだした。

ディアナはあわてて裳裾をつかもうとするが、勢いよくすべるローブの先には、ぐらりと身をかしがせたエリアスの姿があった。

——エリアス！

我を忘れて叫びかけたディアナが、なんとかそれを呑みこむのと同時に、彼は声もなく身廊に倒れこんでいた。

かねてからの不安が、まさかそのまま実現してしまうとは。

ディアナは呆然《ぼうぜん》とするが、いまこそ自分の出番である。速すぎず遅すぎず、自然な気品と気遣いを感じさせる歩様で裾をさばきつつ、

「陛下。お怪我はありませんか？」

エリアスのかたわらにひざまずき、背に手を添えながらささやきかけたところで、ディアナはようやく様子がおかしいことに気がついた。うつ伏せにくずおれた彼は、小刻みに四肢《しし》を痙攣《けいれん》させているのだ。両眼は怯えたように見開かれたまま、焦点のあわない視線を絨毯に注いでいる。

「エリアス！　どうしたの⁉」

ただ足がもつれて転んだだけでは、こうはならない。

これはなにかの発作だろうか。もともと病がちの身ではあるし、気分が優れない様子でもあったが、ここまでとは。それともあまりの緊張がひきおこした、一時的な症状なのだろうか。

ディアナが動転しているうちにも、列席する諸侯らのざわめきが広がりだす。

このままではいけない。しかしいくらなんでも、この状況で戴冠式を中断させずに乗りきる方法など思い浮かばない。

異変を悟ったバクセンデイル侯が、前列から急ぎかけつけてくる。その姿を視界の端にとらえながら、ディアナは失神したエリアスを必死でかきいだいた。

死人のようなエリアスの頰に、つと影が落ちる。いつしか隣に控えていたセラフィーナが、深刻なまなざしで身を乗りだしたのだ。

そしておののいたようにつぶやく。

「……まさか毒を？」

「え……」

ディアナは息を呑んだきり絶句する。

真紅のローブをまとったエリアスは、あたかもみずからの血の海に横たわっているかのようだった。

5

戴冠の儀式を終えぬまま、華々しい典礼は急遽《きゅうきょ》とりやめとなった。

みずからエリアスをだきかかえたバクセンデイル侯は、あらかじめ敷地の裏に待機させていた馬車で、速やかに王宮にひきあげたという。おそらくは暗殺や暴動などの混乱を見越しての備えだったのだろう。

ただならぬ剣幕のバクセンデイル侯に押しのけられたまま、しばし呆然としていたディアナも、他の列席者たちに先んじて裏門から大聖堂をあとにすることができた。

しかしアシュレイともども内廷まで帰りつき、息の詰まる正装をすべて脱ぎ終えても、動揺は冷めやらない。

「セラフィーナさまが教えてくれたの。不用意に口にすると、エリアス殿下みたいな症状に見舞われる薬草があるって。使いかたさえ誤《あやま》らなければ薬として使えるから、小夜啼城でも昔から栽培されていたそうなの」

そぞろに室内を歩きまわりながら、ディアナはひたすらしゃべり続ける。

「瞳が黒目がちになったり、鼓動が速くなったり、痙攣をおこしたりして、ひどいときにはそのまま死に至ることも……」

ついにたまらなくなり、ディアナは両手に顔を埋めた。

「大聖堂に向かうときから、もう様子はおかしかったのよ。でも本人は緊張のせいだっていうし、あたしもそうなんだろうなって」

結果として、しかるべき治療が遅れたがために、エリアスが取りかえしのつかないことになったりしたら。

ふるえるディアナの肩に、アシュレイが手をかける。

「おちついて。まだ毒が盛られたと決まったわけではないのだから」

「そう……そうよね」

しかしアシュレイもまた、その見解が気休めにすぎないと知っているようだった。

意志の力ではどうしようもない毒の作用さえなければ、エリアスは歯を喰《く》いしばってでも戴冠の儀に耐え抜いたのではないか。

それだけこの儀式が重要であることを、彼なら承知していたはずだ。

だからこそその舞台を台無しにし、少年王の戴冠をなんとしても阻止《そし》しようとする者がいたとしたら、それは——。

ディアナがぞくりと身をこわばらせたとき、グレンスター公がやってきた。

金の織紐《ブレード》で縁どられた黒衣の正装は、公の緊迫した面持《おもも》ちもあいまって、対峙《たいじ》するだけでもただならぬ威圧感がある。

「幸いにもエリアス殿下は小康を得られた。いまだ意識は混濁《こんだく》されているが、脈も呼吸も安定しつつあるそうだ。このままおちつけば、すぐにも命が危ぶまれるような容態は脱するだろう」

「よかった……」

安堵のあまり、ディアナは膝から崩れ落ちそうになる。

アシュレイはそんなディアナを支えながら、

「ウォレス侍医はどのような診《み》たてを？」

「おそらくは狼茄子《ベラドンナ》を含んだ毒薬だろうとのことだ。その種の草花を摂取した者に特有の散瞳《さんどう》がみられたため、急ぎ胃のものを吐かせたらしい。効き始めまでの時間差を考えると、今日の朝餉《あさげ》に混入されていたようだ」

「すると毒見役にも同じ症状が？」

「いや。そちらには異常はみられなかった」

アシュレイの天《あま》色の瞳が、じわりと鋭さを増す。

「……では毒見を済ませたのちに、陛下の食膳にふれる機会のある者の仕業《しわざ》ということになりますね」

「その線で確実だろう。さっそく年若い侍従のひとりが、宮廷から行方をくらませているそうだからな」

ディアナはとまどい、アシュレイの横顔をうかがう。

「犯人の疑いをかけられるまえに、急いで逃げだしたということ？」

「あるいは首謀者に匿《かくま》われているか、すでに消されたか。殿下のそば仕えの少年が、独断で毒を盛ったとは考えにくいからね」

「消されたって……まさか用済みになったから？」

「どんな甘言で計画に組みこんだのかはわからないけれど、投獄でもされて首謀者の名が洩れる危険を避けるには、それが得策だ」

もしもそれが事実なら、もとより実行役の侍従は、利用されて捨てられる定めだったということになるのではないか。

グレンスター公が厳《いか》めしいかんばせを苦くゆがませる。

「これでもう、首謀者を追及することはできないだろう。あえて戴冠式を狙うつもりでいたとは、してやられたな」

ディアナはおそるおそるたずねる。

「それってウィラード殿下のことですか？」

「他に誰がいるというのだ」

公はもどかしげに、血走った双眸をディアナに向ける。

「そもそもおまえは、我々が窮地《きゅうち》に追いこまれていることを理解しておるのか」

「え？」

ディアナが当惑していると、アシュレイが簡潔に告げた。

「エリアス殿下の身になにかあれば、継承法に則るかぎり、アレクシアが次の国王になるということさ。アレクシアのローレンシア行きが延期になり、婚礼をあげるとともに放棄するはずの王位継承権を保持しているいまなら、それが可能だ」

「だからアレクシアが、いまのうちに弟を殺そうとしたっていうの？　そんなのってないかにもあからさますぎるし、ありえないわ！」

ディアナはうろたえるとともに、憤《いきどお》りをおぼえた。エリアスを害そうとしたと、アレクシアがまっさきに疑われる状況そのものが許しがたい。

グレンスター公もまた、怒りもあらわにののしった。

「だというのにあのバクセンデイルの老いぼれ狐《ぎつね》ときたら、このままではおかないなどと我々を脅しおって、大馬鹿《おおばか》者めが！」

王位を狙うウィラードにとって、エリアスは排除するべき障害であろう。

そしてグレンスターもまた、いずれディアナを傀儡《くぐつ》の女王にすることを真の目的としているはずだと、リーランドは読んでいた。しかし父子の反応は、この凶行が彼らにとってあずかり知らぬことを示唆《しさ》している。

グレンスターは決して、アレクシア王女にとって不利になることはしない。いまはそう信じて、彼らの判断に従うよりなさそうだ。

「あたしたちが——アレクシアが、身の証《あかし》をたてる方法はないんですか？」

「消えた侍従を生きたまま確保して、黒幕を吐かせないかぎりは困難だ。しかしバクセンデイルが耄碌《もうろく》しきっていなければ、じきに気がつくだろう。この騒動でもっとも益を得たのが、ウィラード殿下であることにな」

ディアナはけんめいに理解を追いつかせる。

つまりアレクシアに反逆者の烙印《らくいん》を押せば、残るセラフィーナが王位を継ぐ流れになるわけだ。さすればおのずと、庇護者であるウィラードも玉座に近づく。

ディアナはふいにぞくりとする。

セラフィーナはどこまでウィラードの野望を把握しているのだろう。

なにも知らずに利用されていても、完全なる共犯であるとしても恐ろしい。

無防備に毒の知識を洩らしたり、ディアナの髪を梳《す》いたり、地下牢のガイウスに面会するために、骨を折ってくれたセラフィーナ。いまとなってはそんな言動のひとつひとつにも裏があるようで、なにもかも信じられなくなりそうだ。

「でもエリアス殿下が持ちなおされたことで、計画は失敗に終わったわけですよね？」

「いや。むしろ目論見《もくろみ》どおりであろう。エリアス殿下はすでに、ガーランド国王としての戴冠を危ぶまれている」

おもいもよらない展開に、ディアナは狼狽《ろうばい》した。

「どういうことですか？　あたしはてっきり、殿下が元気になるのを待ってから、即位の式典を仕切りなおす予定なんだと――」

「もう手遅れだ」

グレンスター公は唸《うな》るようにさえぎった。

「よいか？　エリアス殿下を謀殺《ぼうさつ》せしめる機会なら、これまでにいくらでもあった。にもかかわらずあえて遅効性の毒を用い、戴冠式のさなかに症状がでるように仕組んだ。そう考えれば、意図はおのずと知れよう？　衆目を浴びる戴冠の儀で醜態《しゅうたい》を演じさせ、諸侯や市民に、新王の治世を不安視させるためだ」

「ひどい……」

冷酷な悪意を突きつけられて、ディアナは息をするのもままならない。

人心はそんな浅はかな狙いどおりには動かないと、笑い飛ばせればよかった。しかし血の海に横たわるようなエリアスの姿にかきたてられた、たとえようのない不吉さが胸の裡《うち》によみがえり、ディアナはなおさら打ちのめされる。

「でもそんなの、あの子のせいじゃないわ」

「もちろんわかっているよ」

涙声のディアナをなだめながらも、アシュレイは冷静に語る。

「けれど身近な者に毒を盛られたことは、殿下にそうされるだけの隙があったという印象を与えてしまう。誰よりも強く、完璧な存在でなければならない国王には、ふさわしくない落ち度だとね」

そんな理不尽がまかりとおってよいものだろうか。

受け容れがたい理屈に、ディアナはなんとか抵抗を試みる。

「でも、でもエリアス殿下は宮廷貴族を相手に、もう即位宣言をすませてるわ。そのとき反対の声は誰からもなかったんだから、いまさら認めないなんていう勝手は、許されないんじゃないの？」

「残念ながらそうともいえない」

アシュレイが難しいまなざしで首を横にふる。

「なぜなら王として名乗りをあげるだけなら、誰にでもできるからだ。かつてガーランドでも、各地の僭王《せんおう》が戦《いくさ》に明け暮れた時代があったようにね。だからこそ戴冠の儀は、唯一なる神が唯一なる王を認めたという証明になる。つまり現在の我が国の玉座は、厳密には空位のままなんだよ」

「空位」

ディアナはなかば放心しながらくりかえす。

たしかにエリアスは戴冠の儀を終えていない。正式な即位を祝う鐘の音が、ランドールの空を埋めつくすこともなかった。

様子がおかしいと気がついた市民たちのあいだにも、いまごろ不穏な噂《うわさ》が広まりだしているのかもしれない。

「バクセンデイル侯はどうするつもりなの？」

「もちろん簡単には諦《あきら》めないだろうね。すでに宮廷の者たちは、これからは王位をめぐる三つ巴《どもえ》の争いになるとみているはずだ」

ディアナはぎくりとし、おずおずとアシュレイに問いかける。

「ねえ、まさかこの機に、アレクシア王女を女王に推すつもりでいたりするの？」

無言のままこちらに向けられた天色の瞳と、つかのま視線がからみあう。やがておちついた声で、アシュレイは告げた。

「仮にそうしたくても、できないよ。いまの状況で我々が王位に執着をみせれば、みずからの首を絞めるようなものだからね」

エリアスの命を狙ったという疑いを晴らせないことで、アレクシア陣営は動きを封じられている。もとよりそれを見越しての、ウィラードの策略というわけだ。

この難局に立ち向かうべく、グレンスター公は鋭いまなざしをあげる。

「しばらくは静観に徹しつつ、情報収集に努めるのが賢明だろう。こちらの手の者をウィラード殿下の懐《ふところ》に潜りこませていたが、把握していた以上に抜かりがあったようだ」

「そんなことしていたんですか？　いつから？」

目を丸くするディアナを、公は煩《わずら》わしげにあしらう。

「おまえの気にすることではない。おまえは身代わりが露見せぬよう、細心の注意を払うことだけを考えていればよい」

「そうですね」

憮然《ぶぜん》としつつも、ディアナはおとなしくひきさがった。

話をきりあげたグレンスター公が踵《きびす》をかえす。

それをとっさに呼びとめ、

「あの、エリアス殿下のお見舞いは？」

「バクセンデイルに絞め殺されたくなければ、おとなしくしていることだ」

肩越しにおぞましい忠告を残し、公は立ち去った。

ディアナはよろよろと、近くの長椅子《いす》に倒れこむ。

「どうしてこんなことに……」

これほどまでにひどい悪夢があるだろうか。

エリアスが毒に倒れ、アレクシアに疑惑がかかり、そのなにもかもがウィラードの思惑であるかもしれないなんて。

エリアスの侍従なら、ディアナも幾人かは顔を憶《おぼ》えている。身のまわりの世話については、王太子時代からの顔ぶれがいまも担当を続けているはずだ。

エリアスも彼らには心を許しているようだったが、もっとも身近な者の裏切りを知ったら、どれほど胸を痛めることだろう。

しかもできるだけ侍従とのかかわりを避けていた自分と違い、アレクシアなら顔なじみの些細《ささい》な挙動から、いち早く異変を察することができたかもしれない。

ディアナはあらためて、胸を抉《えぐ》られるような後悔にさいなまれる。

やはりここにはアレクシアがいるべきなのだ。

先日の御前公演の晩に、さっさと入れ替わってさえいたら、なにもかもが違っていたかもしれない。

にもかかわらず、自分は出生の疑惑にこだわり、とっさにアレクシアの覚悟をしりぞけた。あの衝動の底に、王女の身分に対する執着が欠片《かけら》も潜んでなかったと、はたして断言できるだろうか。

その王族の現実を、こんなかたちで思い知らされるとは、なんと皮肉なことか。

くずおれたエリアスを支えたときの腕の感覚がよみがえり、ディアナはたまらず我が身をだきしめる。

アシュレイが隣に腰をおろし、そんなディアナの背に手を添えた。

「大丈夫。きみのことはかならずグレンスターが守るから」

「そうじゃないの。そうじゃないのよ」

　ディアナは頑是《がんぜ》ない幼子《おさなご》のように、激しく首を横にふり続ける。

「アレクシアさえエリアス殿下のそばについていたら、もっと早くに侍従の裏切りを見破れていたかもしれない。そう考えるとたまらないの」

「気に病みすぎだよ。バクセンデイル侯や殿下ご自身でさえ、身近な害意を察知できずにいたくらいなのだから」

「でも気がついたのよ」

「なにがだい？」

「結局のところいつだって、あたしは自分を守るのが第一だったことにね」

　アシュレイはとまどいながらも、ディアナの苦しみをやわらげようとしてくれる。

「だとしても、きみはそうすることでグレンスターの者の命をも守っていたのだから、誰にも責められる謂《いわ》れはないよ」

　ディアナは頬をゆがめ、力なく笑いかえした。

　燃える修道院から逃げだしたときも、王都の貧民窟《くつ》から逃げだしたときも、ディアナは自分のことしか考えていなかった。きっとそれが自分という人間の本質なのだ。

「ディアナ」

沈黙したきりの彼女を励ますように、アシュレイが呼びかける。

「あとで知りあいを伝手に、エリアス殿下の様子をさぐってみるよ。父の報告より詳しい容態がわかるかもしれない」

ディアナは我にかえり、

「……できるの？」

「ぼくにもそれなりの人脈があるから」

「あなたって人好きがするものね」

「それは褒めているのかな？」

「あなたの外面《そとづら》をね」

「あいかわらず手厳しいな」

アシュレイがかすれた息で苦笑する。

おたがい自然と口をついてでる、よどみのないやりとりに、ディアナの気持ちもいくらか安らいだ。

ディアナは裾が乱れるのもかまわず、長椅子にあげた両膝をかかえた。

「ねえ。もしもこれから王族同士が対立しあうことになって、いざ勢力争いに破れたときにはどうなるの？」

「最悪の展開を想定するなら」

アシュレイはわずかにためらい、先を続けた。

「のちの火種を断つためにも、極刑に処されることになるだろう。もちろんぼくたち親子もね」

宮廷の流儀には慣れてきたつもりのディアナも、蒼ざめずにいられない。そしてふと気がついた。

「……そのときにあたしがまだアレクシアの身代わりを続けていたら、あたしがあの子の代わりに死ぬことになるのね」

だとしたら、まさに身代わりらしい死にかたというものである。

そもそも身代わりとは、本人の危機を肩代わりさせるための存在だ。

ディアナは口の端で笑うが、アシュレイは耐えがたいように眉をひそめた。

「そんなことにはさせない。いよいよというときになったら、ぼくがきみを連れて逃げだすよ」

ディアナは目をまたたかせる。

「逃げるってどこに？」

「そうだな。海を渡って大陸に身を潜めるなんてどう？」

「王都からリール河をくだるの？」

「あるいはラグレス港で、グレンスターの艦《ふね》を調達して」

「艦ごと攫って逃げるわけ？」

「そうさ」

「すごい。冗談でもあなたがそんなことを提案するなんてね」

なんだか愉快な気分になり、ディアナはくすくすと笑いだす。

「冗談でもないのだけれどな。グレンスターは海とともに生きてきた一族だから、海峡《かいきょう》を挟んだエスタニアの町にも、昔からの伝手があるのさ」

「その話、もっと聴かせて」

どうにも身動きのとれないときだからこそ、意識だけでも宮廷の外に逃がしたい。

ディアナはさっそく海の向こうに想いを馳《は》せようとしたが、代わりに浮かぶのはなぜかリーランドやノアの姿だった。

リーランドの怪我は、順調に快復しているだろうか。あの創《きず》では小夜啼城まで同行できそうにないが、だとしたら今日の自分の姿を一瞬でも目にしているかもしれない。

どうかそうであってほしい。

いつしかディアナは、すがるようにそう祈っていた。

6

「これはなにかあったかな……」

屋根裏部屋の窓から、リーランドはひとり王都の街並みをながめおろす。

新王エリアスがめでたく戴冠の儀を終えたら、王都の鐘という鐘が打ち鳴らされるはずなのだが、待てども待てども、晴れ晴れしい歓喜の鐘がランドールの空に咲き乱れることはなかった。

いくら一世一代の荘厳《そうごん》な式典といえど、さすがに長すぎるのではないか。

王家の内情を知ってしまっただけに、脳裡《のうり》をよぎるのは不穏な想像ばかりだ。

刺客による襲撃……あるいは幼王による統治を危ぶむ者が、こぞって抗議に押しかけるなどということもありえるだろうか。

しかし聡明でおだやかな気性であらせられると評判の少年王を、大半の市民は歓迎しているようで、街路は朝からお祭り気分の人々でにぎわっていた。

「怪我さえなければ、おれも勇んでかけつけたんだが」

なにしろディアナの晴れ舞台である。

王女として完璧にふるまい、かつ偽者のアレクシアであることも見破られてはならないという、まさに命がけの芝居を沿道からちらと見届けるだけでも、並々ならぬ感慨を味わえそうだ。

しかしいまだ杖の手放せない身では、あえなく断念するよりなかった。斬《き》り裂かれた腿《もも》の創は、順調にふさがりつつあるものの、下宿の階段をのぼりおりするのもひと苦労なのである。

その梯子《はしご》のような階段を、興奮した足音がばたばたとかけあがってくる。

ほどなく息をきらせたノアが、部屋に飛びこんできた。

「リーランド！　大変だ！　戴冠式が――」

「とりやめになったか？」

「な、なんでもう知ってるんだ？」

出鼻を挫《くじ》かれたノアは、鳶《とび》色の瞳をぱちくりさせる。

「祝賀の鐘が一向に鳴りださなかったからな。事故か？　それとも事件か？」

「それがさ……よくわかんないんだよ」

よほど人波に揉《も》まれてきたのか、ノアはいかにも疲労困憊《ひろうこんぱい》といった風情で、寝台に身を投げだした。

この部屋は《アリンガム伯《はく》一座》の座長が世話してくれた、ノアとの仮住まいである。

家主は座長デュハーストと旧知の仲で、これまでにもしばしば無料同然で、かけだしの役者を住まわせてやっていたらしい。ノアと並んで休むには手狭な寝台だが、当面の隠れ家としては充分な環境だ。

「大聖堂の正面は、とにかくものすごい人出でさ」

それでもどうにかこうにか、ディアナのうしろ姿が身廊に消えるのを見届けると、あとは大聖堂の敷地を沿道からひとめぐりしてみることにしたという。

「ぶらぶら露店をひやかしてたら、裏門のほうが騒がしくなって、立派な礼服の男の子が馬車に乗せられていったんだよ。ぐったりしてて、意識がないみたいだった」

「するとその少年が……」

ノアはこくりとうなずいた。

「ほんの一瞬だったけど、エリアス殿下でまちがいないと思う。おれ御前公演でディアナに花束を渡したときに、近くで顔を見てるからさ」

「そうだったな」

「それから急いで正面にまわりこんでみたけど、しばらく待ってても誰もでてこないし、状況がわかる奴もいないみたいだから、諦めてひきあげてきたんだよ」

「悲鳴や、叫び声なんかは聴こえたか？」

「どうかな。気がついたら、音楽は鳴りやんでたけど」

リーランドは窓枠に背を預け、杖をもてあそびながら考えこむ。

暗殺未遂にしては、混乱の様子が伝わってこない。すると急病でエリアスが倒れたのだろうか。病がちの身というが、よりにもよって戴冠式のさなかに？

「いずれにしろ、正式な戴冠はしばらくお預けになるか」

「これからどうなるんだ？」

「正直なところ、嫌な予感しかしないね」

ううむ……とリーランドは眉をひそめる。

そのときまたしても誰かが、急な階段をのぼってきた。今度はふたり。足音の主はすぐに察しがついた。

「ティナたちだ！」

ノアがいち早く扉にかけつけ、リーランドも杖をつきつき兄妹《きょうだい》を出迎える。

「ふたりとも、大聖堂まで足をのばしてきたのか？」

「とんでもない」

ティナは苦笑しながら、手籠を食卓におろした。籠にはパンやチーズ、新鮮な果物などが詰めこまれている。グレンスターの目を警戒するリーランドたちのために、いつもあれこれ食糧《しょくりょう》を調達して届けてくれるのである。

「田舎者のあたしたちは、脇道から背伸びして行列を見送るだけで精一杯よ」

「まいりましたよ。どこもかしこも、とてつもない人混みで」

喘《あえ》ぐようにため息をつくのは、兄のロニーである。

「すると戴冠の顚末についての情報はなしか……」

リーランドのつぶやきに、

「顚末ってなんのことです？」

兄妹はそろって怪訝《けげん》そうに首をかしげる。

その仕草になごまされつつ、リーランドは手短に状況を説明した。

ふたりはしばし啞然《あぜん》としていたが、先に我にかえったのはロニーのほうだった。

「そそれって、かなりまずいことですよね？」

「たぶんな。真相はわからないが、戴冠式が不首尾に終わった事実は残る。あたかも神が幼王の即位を望んでおられないかのように」

いつもは潑剌としたティナも、寒気をおぼえたように身をふるわせる。

「王都なら流行《はや》り病みたいに噂が広がって、みんな不安がりそうな気がするわ」

「そこが厄介なところだな」

しかも流行り病ならいずれは終息するものだが、噂は実体がないだけになおさら性質《たち》が悪い。独り歩きした噂がアレクシアを――ひいてはディアナを追いつめる刃《やいば》となりはしないか。悪い想像はかぎりなくふくらむが、貴族でもない一市民の身でできることにはかぎりがあるのが、なんとも歯痒い。

「姫さまたちにも、一刻も早く伝えたほうがよさそうだな」

「あ！　そういえば今日はこれを渡しにきたんでした」

ロニーはあたふたと懐から書簡《しょかん》を取りだす。

「《メルヴィル商会》のウォルデン支店からランドール本店に、最新の便で到着したばかりですよ」

「小夜啼城からか。早かったな」

「うちの連絡馬車は優秀ですから」

快速にして安全を標榜《ひょうぼう》しているのだと、ロニーは誇らしげに胸を張る。

ウォルデンの町は、王都と西岸の港をつなぐ街道沿いの宿場町である。

その支店預かりの書簡が、現在は本店に出入りするロニー宛《あ》てに届いたのは、つい先日のことだ。アレクシアの通行証名義だったが、送り主はガイウスで、アレクシアとともに小夜啼城に逗留《とうりゅう》している旨《むね》の知らせであった。

事情を知る者でなければ汲《く》みとれない、婉曲《えんきょく》な綴《つづ》りようではあったが、どうやら求めていた収穫は得られたらしい。しかしアレクシアが高熱に臥し、しばらく身動きがとれそうにないため、現在の王都の状況を詳しく教えてほしいという。

もちろんこちらに否《いな》やはない。さっそくウォルデン支店留めの書簡をしたため、ロニー名義で商会の連絡馬車に託し、次なる報告を待っていたところである。

椅子に腰かけたリーランドが封を破ると、ノアが肩越しにのぞきこんできた。

「なあなあ、これって姫さまの筆跡じゃないか？」

「ん？　ああ、たしかにそうだな。なになに……熱はさがって、もう自力で歩けるようになったから、心配はいらないってさ」

「よかったあ。姫さまはどこにいても危なっかしいから、このままぽっくり逝《い》くんじゃないかって、ひやひやしたぜ」

「縁起でもないことはよしてくれ」

すっかり兄貴気分のノアに、冷や汗をかかされるのはこちらのほうである。

それにアレクシアの身になにかあれば、この国に王女が必要とされるかぎり、ディアナの身代わり生活が続くことになりかねない。

ディアナみずからそうする決意をしたら、自分にはもはやとめられないだろう。

小夜啼城での収穫とは、つまるところディアナがただの孤児ではないことを意味するのだから。

長く見守り続けた少女が、まさかこんなかたちで、あれよというまに手の届かない存在になるかもしれないとは。

「姫さまも戴冠式の成功を気にかけているようだ」

リーランドは読み終えた書簡をノアに渡しながら、

「まずはできるかぎり正確に状況を把握しないとな。しかし宮廷内の動きまでは知りようがないし、どうしたものか……」

腕を組んで考えこむと、すかさずロニーが請けあった。

「ひとまず商会で情報を集めてみますよ。本店には上流の客筋も多いんで、そのつながりからなにか洩れ聴こえてくることがあるかもしれません」

「頼んでもいいか？」

「お安いご用ですよ」

「だったらあたしは、座長さんのところに顔をだしてくるわ。アリンガム伯が詳しいことを知ってるかどうか、訊いてみてもらうのはどう？」

「それは助かる。おれが座長宛てに事情をしたためるから、渡してもらえるか？」

「ええ。すぐに届けてくる」

「あちこち行き来させて悪いな」

「いいのよ。好きでやってることだもの」

ロニーたち兄妹には、なにかと遣い走りのような働きをさせてしまっているが、苦境の王女の力になれるというだけでも嬉しいようだ。

流麗なアレクシアの筆跡を、ティナは興味津々《しんしん》でながめる。

「あたしも早く手紙を読んだり書いたりできるようになりたいな」

このところのティナは、頻繁《ひんぱん》に隠れ家をたずねるついでに、リーランドやノアから読み書きの手ほどきを受けている。

ロニーの口利きで商会の雑用をこなすにも、町暮らしにおいても、読み書きができるに越したことはないとあらためて気づかされた――そんなティナのぼやきを耳にとめ、協力の礼として提案したのだが、こちらとしても助かっている。依然として状況は切迫しているにもかかわらず、無為《むい》にすごすしかないのも辛いものだ。

「ティナは覚えが早いから、戯曲《ぎきょく》も聖典もすぐに読めるようになるさ」

偉そうなノアに励まされ、ティナは照れながらも喜んでいる。

「えへへ。だったら嬉しいな」

ノアは《白鳥座《はくちょう》》の年長者から、さまざまな分野の知識を授けられてきたが、市井にはそうした学びの機会のない者も多くいる。早くに親を亡くしたノアだが、その点では並みの徒弟《とてい》以上に恵まれていたといえるかもしれない。

「でも本ってすごく高いんでしょう？　町で人気の一枚刷り《ブロードサイド》だって、なかなか手をだしにくい値段なんだから」

一枚刷りとはその名のとおり、流行歌の詞や話題の事件の詳細などを、目を惹く木版画とともに一枚の紙の片面に印刷した商品だ。印刷物としては安価な部類だが、一枚がパンひとかかえの値にも匹敵するとなれば、庶民の感覚ではまだまだ贅沢《ぜいたく》品であろう。

リーランドは席を離れ、紙とインクの用意をしながら語った。

「しなやかで丈夫な紙はそれだけで値が張るし、原稿を印刷するには気の遠くなるような組版の作業も必要だからな。木版画の挿絵《さしえ》は、版木《はんぎ》が摩耗して潰れやすいし。そのあたりの製紙と印刷の技術が改善されれば、庶民にも手が届きやすくなるんだろうが」

「詳しいのね」

驚くティナに、リーランドは口許で笑いかえした。

「子ども時分は、書籍業に縁のある境遇だったのさ。よく反故紙《ほご》をもらって、読み書きの練習をしたものだよ。あちこち活字のかすれた戯曲の台詞《せりふ》に、筋もろくにわからないまま夢中になったりしてね」

「それが役者になったきっかけ？」

「そのひとつではあるかな」

さらりとかわし、鵞《が》ペンを握る。

きっかけはきっかけ。過去は過去。

あえて離れた王都にふたたび身をおいていても、もはやかかわりのない人々だ。そうと割りきっていたはずが、リーランドの胸はいつになくさざなみだつ。

それはただの感傷か。あるいはディアナのように、我が身にも転機が迫りくる予感なのか。

人生を押し流す荒波のうねりを、耳の奥から追い払うように、リーランドは黙々と筆を走らせ始める。

なにがあろうと、信じられるのは自分の腕だけ。

それさえなくさなければ、きっと生きていけるはずだ。

7

今日のガイウスは、早朝から小夜啼城を留守にしていた。

そろそろ王都のリーランドたちから、次なる知らせが届いてもよい時期なので、ウォルデンの町まででかけているのである。

アレクシアは気長に待ちがてら、カティア媼の誘いで、城館の一角を占める書庫をおとずれていた。

「定期的に虫干しや修繕をほどこして、できるかぎり劣化が進まないようにしておりますのよ」

媼が北向きの鎧戸《よろいど》を開くと、書見台や作業台の奥に、棚の列が浮かびあがった。漆喰《しっくい》の壁際はもちろんのこと、部屋を埋める棚のそれぞれには、羊皮紙の巻子本《かんすぼん》や、紐《ひも》で綴《と》じられた紙束や、色褪《あ》せた織物なども収められている。

年代を含め、その多彩さに、アレクシアはしばし圧倒される。

「これらはすべて、かつてこの城ですごされたかたが残されたものですか？」

「そう伝えられております。回顧録や長編詩、絵画や楽譜《がくふ》、城の設計図というのもございますわね」

「城の？」

「かつて負け戦で不遇を託《かこ》った将軍閣下が、完璧な防御力を備えた城の設計に執念を燃やされたとか」

「……なるほど」

生々しいというか、痛ましいというか、当人の心境を察すれば、興味本位でおもしろがるのもどうかという気分になる。

「それにしても、これらはどれも大変に価値のある文献ではありませんか？　回顧録などは歴史学の貴重な資料となりますし、詩歌を編纂《へんさん》して出版すれば、市井でも大いに人気を呼ぶはずです」

「それは心ときめくお話ですが、小夜啼鳥の遺品を城外に持ちだすには、当代王のご許可がなければなりませんから」

「ではわたしからエリアスに伝えてみましょうか？」

アレクシアが提案すると、カティア媼も乗り気になったようだ。

「そういうことでしたらぜひに。姫さまのお口添えがあれば、エリアス陛下もきっと興味をお持ちくださるでしょう」

「エリアスなら私情にまどわされることなく、おのずとこの書庫の価値を理解するはずです。いずれあの子の親政《しんせい》に移行したあかつきには、かならずやより公明正大な治世になるものとわたしも期待しています」

「それは頼もしいかぎりですわ。このオルディス地方も年々治安が悪くなっておりますから、なんとかおちついてくれればよいのですが」

カティア媼は憂い顔で語る。ガーランド南部と同じく、不作と疫病《えきびょう》で崩壊の危機にある村落も多数あるという。

「こんなときこそ心の支えとなるべき修道院も、各地で解散を命じられ、機能をなくしているといいますし……」

「そんなにひどいのですか？」

「はい。ここ数年とみに増しているようで」

ここ数年といえば、ウィラードが政務の大半を担《にな》いだした時期とかさなる。

「取り潰しの理由は、正当なものなのでしょうか？」

「一部の修道院が潤沢な喜捨《きしゃ》で肥《こ》え太り、悪徳の温床《おんしょう》ともなっているのは事実でしょうが、噂に聞くかぎりはそれだけとは申せません」

「王権の利益のための、解散命令ということですね」

父王エルドレッドの治世においても、没収した土地財産を売り払うことで国庫の収入とするという手は使われてきた。

「けれど新たな地主たちが、羊の放牧地として土地を囲いこみ、小作人《こさくにん》を追いだすことで農村の民が各地で流浪《るろう》の民と化しているのです」

都市に流れこむか、盗賊《とうぞく》となるか、もの乞いのはてに飢《う》え死にするか。

そんな人々の急激な流れが、都市の暮らしにもひずみを生みつつある。

ガーランドの羊毛は良質で知られており、その輸出は主要な産業だが、国を富ませる産業で民を飢えさせては本末転倒だ。

カティア媼によれば、いまではその羊毛の輸出すら脅かされているという。

「ガーランド近海に跋扈《ばっこ》する海賊《かいぞく》ですわ。領主が連名で、王権主導の取り締まりを嘆願しているそうなのですが、再三の訴えにもかかわらずなしのつぶてだとか」

アレクシアはおもわず眉をひそめる。

「兄上がそう判断なさっているということか」

ロニーによれば、まさに《メルヴィル商会》でも、武装商船を増やしているところだという。しかし自衛をうながすだけでは、太刀《たち》打ちできない相手が海賊だ。

それらへの戦力を強化しなかった結果として、アレクシアの随行《ずいこう》団が賊に襲われたとなれば、なにやら裏があるようにも勘繰《かんぐ》られてしまう。なにしろその決定には、ウィラードがかんでいるのだ。

　ガイウスによれば、ウィラードはセラフィーナを女王に推し、いずれ王配となることで玉座への足がかりにするつもりではないかという。

　アレクシアはしばしためらい、心を決めてたずねた。

「セラフィーナ従姉《ねえ》さまは、小夜啼城でどのようにお暮らしでしたか」

「そうですわね」

　カティア媼は長い吐息とともに目を細める。

「おかわいそうに、当初は泣き暮らしておいででしたが、じきにおちつかれてからはこの鄙《ひな》びた地での生活になじもうと努力されているご様子でした。お母君のほうはご傷心が激しく、わたくしどもも手を焼くことがございましたが」

「幽閉を解くという知らせを、心待ちにされていたのですか？」

「ええ。窓を開け放って、外をながめて日がな一日すごされて。内心いつ身を投げられてもおかしくはないと、覚悟しておりました」

　そんな実母の姿を、セラフィーナはそばで見守り続けるしかなかったのか。

「……最期《さいご》はどのように？」

「いくら温暖なこの地といえど、真冬に冷たい風にさらされ続ければ身体に障ります。肺の病で床につかれて、あっけなく」

「そうですか……」

「セラフィーナさまはおとなしやかなご気性で、わたくしどもにもこまやかな気遣いをおみせくださいました。けれど心から打ち解けられることは、ついぞなかったのかもしれません」

セラフィーナは身の裡に閉じこめた絶望とともに、残りの人生を生きる覚悟を決めたのかもしれない。そんな彼女にとって、くりかえす芽吹きや実りの営みは、優しいなぐさめとなっただろうか。

めぐる四季の変化に、アレクシアが想いを馳せているときだった。

「こんなところにおいでonce出でしたか」

見れば扉口にガイウスが手をつき、激しく肩を上下させている。

おなじみの光景ではあるが、今日はとりわけ蒼ざめている。

「なんという顔をしているのだ、おまえは」

「城の者が、しばらく姫さまのお姿を目にしていないそうで」

「だからまたかどわかされたかと、早とちりして捜しまわったのか？」

過保護もここに極まれりとアレクシアはからかうが、ガイウスの表情はこわばったままである。

アレクシアはふつりと笑みを消し、短くたずねた。

「悪い知らせか」

「申しわけありません。ウォルデンの町で気になる噂を耳にしたもので気が急《せ》き、勝手ながら王都からの書簡を検《あらた》めました」

「かまわない。それで？」

「それが――」

ガイウスは言いよどみ、目許に苦渋をにじませる。

「戴冠の儀に臨まれたエリアス殿下は、戴冠の宣誓をなされぬままに昏倒《こんとう》され、式は中断を余儀なくされたと」

「！」

アレクシアは息を呑む。たしかに病がちでありながら、国王の重責に耐えられるものか案じていたが、昏倒とは只事《ただごと》ではない。

「いったいあの子の身になにが？　まさか不調を承知していながら、バクセンデイル侯が無理をさせたのではないだろうな」

いかにもな疑惑に憤りがこみあげてくる。

しかしガイウスはいっそう苦しげに目を伏せ、絞りだすように伝えた。

「状況から推し量るに、式の当日に毒を盛られたのではないかと」

「毒……だと？」

絶句したアレクシアは、さぐるように腕をのばして、なんとか棚板につかまった。

「それで、それで、命は取りとめたのだな？」

もはや式の不首尾などどうでもいい。大切なのはエリアスの容態だけだ。昏倒したというからには、息絶えたわけではないはずだ。

「はい。急ぎ王宮にて治療がほどこされ、お命の危機は脱されたようだと、アリンガム伯から」

「……そうか」

アリンガム伯なら、内廷をとりしきる宮内卿《くない》とも近しいので、信用できるだろう。

「しかしながら王都では、毒殺をもくろんだ者についての、事実無根の噂が広まっております」

アレクシアははっとした。

「まさかわたしが？」

「そんな馬鹿な！」

カティア媼が悲鳴をあげ、ガイウスも奥歯をかみしめるようにうなずく。

「許しがたいことです。加えてウィラード殿下が臣の要望に応えるという体《てい》で、議会を召集されたとか」

アレクシアは目をみはる。

「議会を？　こんなときに？」

「新王即位の祝賀式典のために、主だった諸侯はすでに王都に集まっておりますから」

数年に一度あるかないかの議会を開催するには、むしろ格好の機会といえるのか。

「だが議題は？　エリアスをさしおいて、そのような勝手がまかりとおるはずが――」

アレクシアの抗議はそこで途絶える。

カティア媼が口許を手で押さえながら、

「王位を継承するにふさわしい王族を、決議で選ぼうというのですか？」

「すでにめぼしい貴族を取りこんでいるのではないかと」

ガイウスは声音に怒りをにじませる。

アレクシアは呆然とつぶやいた。

「つまりすべては兄上の仕組んだこと……グレンスターは兄上を操るつもりで、出し抜かれたわけか」

手渡された書簡に、アレクシアは急いで目を走らせる。

議会の布告はまだ市民にまでは広まっていないものの、アレクシア王女にはあらぬ疑いがかけられ、戴冠式の不首尾も動揺を呼んでいて、そんな世論が議論の結果にも影響を与えかねない状況だという。

人心の移ろいやすさは、ガイウスの処刑に詰めかけた群衆の熱狂で、嫌というほど思い知らされた。

「まずいな」

アレクシアは顔をあげた。

「すぐにも王都に戻ろう」

「姫さま！」

ガイウスがぎょっとした声をあげる。

「わたしはディアナの演技も機転も信頼しているが、知己の貴族と接触してエリアスの援護を頼むのは、わたしでなければ無理だ」

「なりません――」

ガイウスは怖気《おそけ》をふるうように、

「お忘れですか。姫さまは反逆者の疑いをかけられているも同然なのですよ？――」

「ではいまこそ入れ替わりには格好の機会だ。ディアナの代わりに、わたしが糾弾《きゅうだん》の矢面にたち、投獄の危険もこの身に負うのであれば、グレンスターも納得するだろう。堂々と正面からグレンスター邸に乗りこんでやればよい」

しかしガイウスはかたくなに主張した。

「そのような危険な賭《か》け、断じて認めることはできかねます」

「いまわたしが動かなければ、兄上の思うがままになるぞ。それでもいいのか？」

「しかし――」

「わたしはかねてより兄上を尊敬申しあげていた。庶子であろうとなかろうと、わたしの継承権などお譲りしたいくらいだ。しかし玉座の妄執に取り憑《つ》かれるあまりにエリアスに剣を向けられたのなら、もはやわたしは兄上を敵とみなすのに躊躇はしない」

　アレクシアはいくらか声音をやわらげた。

「ガイウス。すでに戻りたいとか、戻りたくないとか、そういうことではないのだ。戻る以外に道はない。いまこそわたしは流れに乗るときだ」

　それはみずからの意志なのか。あるいはそれを手放した結果なのか。

　いまのアレクシアには判然としない。しかしその道がおのれの定めであると感じるのは、奇妙に清々《すがすが》しく、心安らかな気分だった。

「姫さま……」

　もはや自分にはとめられないと、ガイウスはすがるようにカティア媼をみつめる。

　賛成か反対か、ふたりの視線を受けとめた媼は、やがてふわりと目許をゆるめた。

「今夜は晩餐《ばんさん》のご用意をいたしましょう。老い先短いわたくしに、それくらいのお別れはお許しいただけますね？」

　アレクシアは強くうなずいた。

「もちろんです。あなたにお会いできて本当によかった」

「わたくしもですわ」

カティア媼が広げた両腕に、アレクシアは身を預けた。

8

失踪《しっそう》したエリアスの侍従は、王宮内で発見された。

朽葉《くちば》の積もる河沿いの森で、首を括《くく》っていたという。

遺体の様子からして死後数日——姿を消した戴冠式当日には、すでに命を落としていた可能性も高いようだ。

「あの森で……」

ディアナはぎこちなく窓をふりむいた。王女の居室からも、旧城壁の先に広がる森の影は、わずかながらうかがえる。

アシュレイが難しい面持ちで報告する。

「自死か他殺か、明白な手がかりは残されていないらしい。ただ激しい抵抗の跡はうかがえないものの、鳩尾《みぞおち》に痣《あざ》があったそうだ」

「誰かに殴りつけられたのかもしれないってこと？」

「おそらくは。そうして意識をなくしているうちに森に担《かつ》ぎこまれ、樹の枝に吊《つ》られたのか。あるいは普段から密会のために利用していて、落ちあったのか。いずれにしろ目撃者がいないかどうかも含めて、我々も調査をしなければ」

「いまから証拠がつかめるかしら？」

「とにかく徹底的にやるしかないだろう」

なかば覚悟していた結末ではありながら、いざこうして現実になると、とても冷静ではいられなかった。

ぞくりと寒気に襲われたのは、秋の深まりのせいだけではないだろう。

ディアナは暖炉に足を向け、さきほどヴァーノン夫人がかきたててくれた火に手をかざした。

「このまま議会が始まったら、あたしたちどうなるのかしら」

諸侯を召集した議会は、王宮に隣接する議事堂で開催される。

莫大な戦費《せんぴ》を調達するための臨時課税など、諸侯の同意を必要とする政策が議会にかけられることが多いが、往々にして国王の要望とは対立するため、エルドレッド王の治世ではめったに開かれなかったそうだ。

王位継承については、むしろ血で血を洗う内戦で決着をつけてきた歴史が長く、議会で取りあげるのは異例ではあるが、違法ではないという。

「おそらく紛糾《ふんきゅう》は免《まぬが》れないだろう。まっとうな地方貴族であれば、なにより継承法を重視してエリアス殿下を支持するだろうが、宮廷における発言力が弱いし、彼らも一枚岩ではないから」

そう話しながら、アシュレイもこちらにやってきて暖をとる。

「どういうこと？」

「たとえば国境地帯の領主は軍備の負担が大きく、いざというときに見捨てられる不安もあいまって、伝統的に王権に対する不信感が強い。それでいて国力が弱まることを誰より危惧《きぐ》してもいる。みずからの領地が、まっさきに攻めこまれやすくなるからね」

「じゃあ、そういう諸侯がアレクシア王女を推すかもしれないの？」

アシュレイは考え深げにうなずく。

「そもそも第二位の継承権を持つし、セラフィーナさまには一度は王族の身分を剝奪されたという汚点があるからね。ただしアレクシアには、婚姻《こんいん》をめぐる大きな懸念があることも事実だ」

首をかしげたディアナは、すぐに気がついた。

「そうよ！　レアンドロス王太子との婚約はどうするの？」

王女と女王では、結婚相手としての意味がまるで異なってくる。

「もちろん女王の伴侶《はんりょ》は慎重に選ぶべきだ。王が異国の姫を王妃に迎えるだけでも反発を招きがちだというのに、ローレンシア王太子を国政にたずさわらせては、誰もがガーランドの未来を憂えて当然だ。ただこちらの状況が一変したからといって、婚約の撤回をすんなり呑む相手かどうか……」

「なんだかこじれそうね」

門外漢なりに不穏な予感をおぼえ、ディアナは顔をしかめる。

ローレンシアがどのような手に打ってでるか、結果として両国の友好が破綻《はたん》するのではないか、そうした意味でも不安はつきないというわけだ。

「ただ市井ではすでに、アレクシアに期待する声もちらほらでているらしい」

「そうなの？」

「長らく幽閉されていたセラフィーナさまに王位継承権があることは、存外に知られていない。対してアレクシアは王女として各地の巡幸《じゅんこう》にも従ってきたし、なにより先日の事件が強烈な印象を残したようなんだ」

ディアナははっとする。

「それってガイウスの斬首《ざんしゅ》を、ぎりぎりでとめたときのこと？」

「うん。血なまぐさい処刑台にみずからかけつけて、腹心の護衛官を救いだした姿が効いたらしい」

「たしかに劇的だものね……」

詳しい経緯はわからなくとも——だからこそ一瞬の美しい光景に、群衆も心奪われたのかもしれない。

ひとりの貴族の青年が首を刎《は》ねられるさまを、いまかいまかと待ち受けていたはずの人々が、一転してその彼が命をとりとめたことに熱狂するとは、とまどいを超えてむしろそら恐ろしさすら感じるが。

ともあれその救出劇をやりとげてみせたのは、自分ではない。

あのアレクシアだからこそできたことだ。

「考えていたんだけど」

ディアナはぽつりときりだした。

「アレクシアなら、こんなときどうするかしら。弟の王位欲しさに毒まで盛ったと疑われていながら、ただおとなしく部屋に閉じこもっているだけなんて、あの子らしくない気がしない？」

「積極的に抗議をするはずだと？」

「というより弟の身を案じるあまり、なりふりかまわない行動にでるんじゃないかと思うのよ。たとえ追いかえされるとわかっていても、それこそ日に何度でもお見舞いに出向いたり」

「計算ではなく、心からそう欲してということかい？」

「もちろんよ。あたしだって心配で気が気じゃないんだから、アレクシアならじっとしていられないのが自然じゃない？　あえてひとめを避け続けるのも、かえってうしろめたいことがあるみたいだし」

「たしかにそれも一理あるね」

「でしょ？　どうせなにをしたって疑われるなら、当たって砕けろよ。あの子って自分の保身には意外と無頓着《むとんちゃく》な気がするから、バクセンデイル侯に首を絞められるくらいのことは怖がらなそう」

「そこまで真似するのは、遠慮してもらいたいけれど……」

アシュレイはただじたじとなりつつも、感慨深そうにディアナをながめやった。

「きみはぼくよりもよほど、彼女のことを理解しているようだね」

「そうともかぎらないんじゃない？」

ディアナは照れ隠しのように肩をすくめる。

「生まれ育った環境なら、あなたたちのほうがよほど似かよっているわけだし、近すぎてわからなくなっていることもあるんじゃないかしら」

「近すぎて？」

「そうね……たとえば自分がなにか、自分を超えたものの一部として、生きているような感覚とか」

「一族とか、国家とか、そういうもののことかい？」

「たぶんね。あたしにはなじまないものだから、よくわからないけど。きっとそれがあたしの限界なんだわ」

とまどい顔のアシュレイに笑いかけると、ディアナはこわばりの解けた手で裾の乱れをととのえた。

「さてと。さっそくだけど、ふたりで奇襲をかけてみるのはどう？」

「いまから？」

「やっぱりグレンスター公の許可が必要かしら？」

「――いや」

アシュレイがためらったのは、ほんの一瞬のことだった。

「父はいつつかまるかわからない。ぼくがあとで報告を入れておくよ」

「そうこなくちゃ」

ふたりはかすかに笑いあう。

もっと早くこうすればよかったのだ。

扉を守る衛兵らには問答無用で追い払われそうになっても、そのやりとりがエリアスの護衛官であるダルトン卿や、顔見知りの侍従の耳に届けば、同情して便宜《べんぎ》を図ってくれるかもしれない。

　エリアスがいかに姉を慕っているか、弐心《ふたごころ》なくそばに仕えている者なら、知らないはずがないのだから。


　しかしその目論見は、予期せぬかたちで頓挫《とんざ》することになった。

　アシュレイを従えて歩いていたディアナは、

「アレクシア？」

　たおやかな呼びかけに足をとめる。

　声の主は廊の先にたたずんでいた。

「セラフィーナ……従姉さま」

　たちまち気まずさがこみあげるが、なんとか踏みとどまった。いまあえて話したい相手ではなかったが、こうなっては逃げられない。

　ほのかな笑みをたたえ、セラフィーナはこちらに向かってくる。

「まさかこんなところでお目にかかれるなんて。戴冠式があのような仕儀となり、ご心痛はいかばかりかと案じておりましたのよ。いくらかお痩《や》せになられたのでは？」

「……あまり食が進まなくて」

「お察しいたしますわ。これからどちらに？」

「エリアスをたずねようかと」

「お見舞いのために?」

「そのつもりです」

するとセラフィーナは思案げに、

「でしたら、時を改めてうかがわれたほうがよいかもしれません。わたくしもいましがたあえなく追いかえされてまいりましたが、扉を守る衛兵が交代すれば、あるいはということもございますから」

そういうことなら出直したほうがよいだろうか。

ディアナは肩越しにアシュレイの意見を求めようとするが、

「代わりによろしければ、わたくしと内庭の散策などいかがかしら?」

セラフィーナの誘いに視線をひきとめられる。

「え……いまからですか?」

「ええ。ずっとお部屋にいらしては、あなたも息がつまるでしょう? 久しぶりにおつきあいいただけたら嬉しいわ。アシュレイ、もちろんあなたもまじえてね」

セラフィーナの態度はあくまでほがらかだ。

現在おたがいが巻きこまれている状況を理解していないわけはないだろうに、その屈託のなさはアレクシアがエリアスを傷つけるはずがないという確信ゆえだろうか。それとも玉座に対する執着など、露ほども持ちあわせていないためだろうか。

　めまぐるしく考えるディアナのかたわらで、アシュレイも当惑をあらわにする。

「しかしこのようなときですから、当事者の我々がそろって語らいあう姿は、あらぬ噂を呼ぶことになりはしませんか？」

「では、あまりひとめにつかないところで待ちあわせるというのは？」

「ひそかに落ちあうということですか？」

「ええ」

　セラフィーナはふわりと笑んだ。

「そうですわね……たとえば旧城壁の小夜啼塔などはいかがかしら？」


　螺旋《らせん》階段をのぼりきると、すでにセラフィーナが待っていた。

　こちらに背を向け、胸壁《きょうへき》のそばにたたずんでいる。その視線の先にあるのは、リール河沿いまで続く森だ。

　件《くだん》の侍従は、あの森のどこに吊られていたのだろうか。

　ここから痕跡《こんせき》はうかがえないが、ともすると似たような策謀の犠牲者が幾人も、朽葉の寝床に埋もれているのかもしれない。

かつてガイウスも、昨日までの同僚が王宮から忽然《こつぜん》と消えることは、決してめずらしくないと語っていた。

よりにもよってそんな記憶がよみがえり、ディアナがぞくりとしたときである。

「ここからの眺めは、小夜啼城の景色にどこか似ておりますの」

こちらをふりむかぬまま、セラフィーナはきりだした。

「まさかこうしてあの地での暮らしを懐かしむことになるなんて、いまでも醒《さ》めない悪夢を見続けている心地になりますわ」

「悪夢を……ですか？」

「そうではなくて？　一度は王族の身分を剝奪されていながら、いまやあなたがたと王位継承をめぐる争いの渦中に身をおくことになるなんて」

セラフィーナの感慨に、ディアナはかえす言葉がみつからない。

隣に控えるアシュレイもまた、発言の真意をとらえきれないように、華奢《きゃしゃ》な背にさぐるまなざしを注いでいる。

セラフィーナは続けた。

「継承法というものがありながら、わたくしたちそれぞれを推す貴族によって対立を余儀なくされるなんて、ひどく不毛なことではなくて？　このようなときこそわたくしたちが手をたずさえて、難局を乗り越えるべきではないかしら」

ディアナは胸をつかれる。

当事者をよそにした諸侯の思惑に巻きこまれることを、誰より憂えているのが、王族の身分に人生をふりまわされてきたセラフィーナなのだとしたら、彼女の提案は耳をかたむけるに値《あたい》するのではないか。

「そのようなことができるのですか？」

たまらず訊きかえすと、セラフィーナはゆるりとこちらに向きなおった。

「おそらくは。けれどそのまえにひとつだけ、教えていただきたいことがあるの」

「……なんでしょう」

こみあげる期待と不安が、胸にせめぎあう。

そんなディアナを、煙《けぶ》る萌葱《もえぎ》色の瞳がみつめる。

「アレクシアはすでにこの世の者ではないのかしら？」

「――っ！」

ディアナは息を呑み、その反応のまずさに気がついて、なおさら凍りつく。

すかさずアシュレイが、動揺をはぐらかすように、セラフィーナをたしなめた。

「この世の者でないとは、ものの喩《たと》えにしても穏やかではありませんね。口さがない宮廷人の耳に届けば、あなたがあらぬ誤解を受けかねませんよ」

「では質問を変えましょうか」

動じた風情もなく、セラフィーナはふたたびディアナに視線を定めた。

「あなたはいったいどちらなのかしら？」

今度こそ、ディアナは悲鳴をあげそうになる。

まさかこの問いを、また投げかけられることになるとは。

おまえは何者か——ではなく、あえてどちらなのかとたずねるからには、セラフィーナは知っているのだ　まさにいまアレクシアが小夜啼城でつかもうとしている、自分たちの出生にまつわる因縁を。

十年近くも彼の城《か》で暮らした彼女なら、長く秘されてきた真相にふれる機会もありえたと、なぜいまのいままで思い至らなかったのだろう。

「すくなくともあなたは、わたくしの知るアレクシア王女ではないわ。あなたにはあってはならないはずの標《しるし》があるのですもの」

「あってはならない……」

ディアナは呆然と、かすれ声でくりかえすことしかできない。

セラフィーナはふわりと笑んだ。

「先日あなたの寝室で、御髪《おぐし》を梳《と》かしてさしあげたわね？　そのときに確かめさせていただいたの。あなたの背の黒子《ほくろ》のことを」

ディアナはたちまち蒼ざめる。ガイウスの投獄をアシュレイが隠していたと知り、自室にひきこもっていたときのことだ。

そして黒子といえば心当たりがある。鏡に映して幾度も確認したわけではないが、たしか左の肩甲骨《けんこうこつ》のあたりにぽつんとひとつ、幼いころから増えも減りもしない胡麻《ごま》粒ほどの点があったはずだ。

つまりそれこそディアナがもうひとりであることを証明する標なのか。

「もう充分です」

ついにアシュレイが語気を荒らげ、対峙するふたりに肩を割りこませた。

「黒子など、長じてからいくらでも生じるものでしょう。根も葉もない言いがかりで王女殿下を貶《おとし》めるのは、おやめいただきたい」

非礼をもかえりみぬ抗議にセラフィーナは目をみはり、

「ああ……そういうこと」

香りたつような微笑を深めた。

「ではこの娘《こ》はまだ知らないのね。あなたがたグレンスターが、なぜ自分に執着しなければならないかを」

たちまちアシュレイが頬をこわばらせる。

「そんなに怖いお顔をなさらないで、アシュレイ。まだどなたにも──ウィラード殿下にも打ち明けてはいませんから」

おもむろに矢狭間《やざま》に手をかけた。

「いまここでわたくしを突き落とそうとお考えでしたら、あまりお勧めいたしませんわ。さきほど鳩舎番《きゅうしゃ》がわたくしの姿を目にしていますから」

「あなたはいったい……」

おののくアシュレイに、セラフィーナはほがらかに告げる。

「ですから申しあげたでしょう。このような局面こそ、わたくしたちが積極的に手を結ぶべきだと。あなたがたが王位争いから完全に身を退《ひ》くと公言してくだされば、あなたがたの企みも、アレクシアをどうしたかについても追及せず、口をつぐんでいるとお約束いたします」

「……あなたの告発を、宮廷人が本気で取りあうとお考えですか？」

「もちろんですわ」

喰いさがるアシュレイを、セラフィーナは憐《あわ》れむようにながめやる。

「小夜啼城には当時の記録が残されておりますし、生き証人もいまだ健在です。けれど彼らに沈黙を命じたエルドレッド陛下は、もはやこの世にはおられませんから、王族としてわたくしが召喚すればすべての経緯を証言してくれるでしょう。あるいは拷問《ごうもん》で吐かせる結果になるやもしれませんが、そのようなかたちで過去が公になることは、わたくしとしても避けたいですから」

セラフィーナはあくまでほほえみを絶やさずに告げる。そのほがらかさに、ディアナは底無しの沼にひきずりこまれるような戦慄《せんりつ》をおぼえる。

「もちろん、いまここでお決めになることはありません。けれどじきに選んでいただかなければならないときがまいります。そのときにはどうぞ、あなたがたの信じる道を歩まれるとよろしいわ」

セラフィーナはたおやかに裾をひるがえし、螺旋階段に姿を消した。

衣擦《きぬず》れが遠ざかり、ようやく息を継ごうとしたとたんに、香草の残り香がふわりと鼻先をかすめ、ディアナは頬を打たれたようによろめいた。

「ディアナ！」

「どうしよう……」

とっさにさしのべられた腕を、ディアナはすがるようにつかむ。

「あたしが油断したせいで、入れ替わりに気づかれたんだわ」

「……いや。そうでなくともセラフィーナはきみの存在を知っていたのだから、いずれはこうした手にでていたはずだ。彼女への警戒を怠《おこた》ったぼくたちの責任だ」

アシュレイが苦くかみしめたときである。

「まったくとんだ伏兵《ふくへい》でしたね」

あらたな声が投げこまれ、ふたりはぎくりと肩を跳ねあげる。

そろってふりむくと、そこには見知った男の姿があった。

「タウンゼントか。なぜきみがここに？」

安堵と困惑の交錯する表情で、アシュレイがつぶやく。

黒髪に痩身《そうしん》の、いかにも沈着冷静な物腰の文官は、グレンスター公の秘書官のひとりである。ディアナとじかに言葉をかわすことはほとんどないが、公の連絡役としてしばしば顔をあわせていた。

「公のご用命であなたがたの部屋にうかがおうとしていたところ、こちらに向かわれる姿が目にとまったものですから」

「尾行《つけ》てきたのか？」

「わたしの独断ですが、正解でしたね。まさかあのおとなしやかなかたが、我々の宿願を挫く障害となりうるとは」

つまりタウンゼントはいましがたの三人のやりとりをすべて把握したうえで、立ち去るセラフィーナを物陰《ものかげ》でやりすごし、こうして姿をみせたというわけだ。

「すぐさま始末するべきでしたね」

タウンゼントの冷酷さに、アシュレイは眉をひそめる。

「できないよ。それを防ぐために、彼女はみずからの姿をあらかじめ鳩舎番に目撃させているのだから。彼女が転落死でもすれば、塔に残されたぼくたちが率先して犯人の名乗りをあげているも同然だ」

「ならば鳩舎番をかたづけるまでです」

「きみたちは短絡的すぎる」

「あなたが甘すぎるんだ」

タウンゼントは容赦《ようしゃ》なく言いかえす。主の嫡子といえど——だからこそか、手加減するつもりはないようだ。

「こうなったからには、敵に利用されるまえに証人を消さなければ」

すでに算段を講じるくちぶりに、ディアナは我にかえる。

「それってまさか、小夜啼城の人たちのことですか？」

タウンゼントは悪びれもせずにうなずいた。

「いたしかたありません。こちらも命がかかっているのですから」

アシュレイが苦しげに目許をゆがめる。

「また皆殺しにするのか？」

「ついていけないとお考えでしたら、それでも結構」

タウンゼントは冷淡なまなざしでアシュレイを一瞥《いちべつ》すると、

「もとよりあなたの手など借りるつもりはありません。送りこむ精鋭にわたしも同道し、この目で首尾を見届けてまいります」

さっそく踵をかえし、いまにも報告に走る勢いだ。

アシュレイはとっさに呼びとめ、

「しかしきみには、ウィラード殿下の動きに目を光らせるという役目があるだろう」

「わかっておられませんね」

タウンゼントは小馬鹿にしたようにふりむいた。

「セラフィーナさまは、現在のアレクシア王女が偽者であることをご存じだった。つまりグレンスターを裏切ってウィラード殿下に与《くみ》しているはずのわたしが、その決定的な情報を殿下に伝えていないことが、いつ殿下の知るところとなってもおかしくないということです。諜者《ちょうじゃ》としてのわたしの価値は無に帰した——それどころかすでに命の保証はないも同然なのですよ」

タウンゼントは暗い瞳に、焦りといらだちを燃えたたせた。

「そのお生まれだけでなにもかも御膳立てされているあなたは、せいぜい我々の邪魔をしないでおとなしくしていていただきたい」

その剣幕に吞まれ、ふたりは声もないままにタウンゼントを見送る。

だがその激しさも、ところどころ理解の追いつかないやりとりも、ディアナを真に打ちのめしてはいなかった。

ディアナはこわばる指で、アシュレイの袖《そで》を握りしめた。

「早くグレンスター公を説得して、彼をとめさせないと」

しかしアシュレイは力なく首を横にふる。

「父はぼくの言葉には耳を貸さないだろう」

「どうして！」

「きみが考えている以上に、ぼくは無力なんだよ。それに父にはタウンゼントをひきとめる理由がない。むしろ割けるだけの手勢をすぐにも送りこむよう命じるはずだ」

「だめ……だめよ。お願いだからすぐにやめさせて！」

「ディアナ」

「だって小夜啼城にはあの子が——」

ディアナはとっさに口をつぐむ。

「あの子？」

アシュレイがいぶかしげにつぶやき、ディアナはみるまに蒼ざめた。

その狼狽ぶりが伝染するかのように、アシュレイの当惑は、じわりと衝撃の予感に塗り替えられていく。

「まさか……あの子とはアレクシアのことなのかい？」

アシュレイは身をかがめ、ディアナの両腕に手を添えた。

「アレクシアはいま、小夜啼城に身を潜めているというんだね？」

そうだ。それこそグレンスターがもっとも欲しがっていた情報である。

それをアシュレイがどう扱うか。恐れていた決裂を、いまこそ覚悟するときだった。

「……そうよ」

腕をゆさぶられるに任せたまま、ディアナは喘ぐように告げる。

「あたしがアレクシアに頼んだの。あたしの生まれにどんな経緯が隠されているか、あたしに代わって確かめてきてほしいって」

「あの御前公演の夜に？」

「ええ。だからまだ小夜啼城に滞在しているかもしれない。いつのまにかアンドルーズのお屋敷から消えていたっていうガイウスも、ひょっとしたら彼女のそばについているのかもしれない」

「ガイウス殿も？」

「グレンスターにとっては、願ってもない好機よね」

ディアナはあえて強気に口の端をゆがめてみせる。しかし目の縁からは、いまにも涙があふれだしそうだった。

小夜啼城の住人が皆殺しにされるというだけでも耐えがたいのに、グレンスターが血眼《ちまなこ》になって捜していたアレクシアが、よりにもよって自分の導いた偶然によって、命を奪われることになるかもしれないなんて。

それでもディアナは、一縷《いちる》の望みをかけてアシュレイをみつめる。

「あなたは言ったわ。アレクシアの死を望んではいないって」

「ディアナ」

「それを証明するならいまよ」

でなければもう彼を信じることはできない。

アシュレイは苦渋に満ちた視線を空に向けた。

はるかかなたに小夜啼城がそびえる、西の空に。

第14章

1

夜明けもまもない朝靄《もや》が、死人《しびと》の吐息のように古い城壁をかすませている。

小姓《こしょう》の装束《しょうぞく》に朽葉《くちば》色の外套《がいとう》を羽織り、アレクシアは旅支度を終えた。

セルキスらもすでに鞍《くら》をつけ、出立のときを待つばかりである。

アレクシアは、カティア媼《おうな》と城主夫妻に向きなおった。

「名残《なごり》惜しいが、そろそろ発《た》たなければ」

本来ならば城の者たちすべてに感謝を告げたいところだが、こちらが正体を秘した身ということもあり、あえてひとめを忍んだ早朝に旅だつことにしたのである。

カティア媼はアレクシアの手を握りしめ、

「わたくしどもにできることでしたら、どのようなお力添えもいたします。いつでも遠慮なくお知らせくださいませね」

　すでに幾度となく念を押した約束をくりかえす。

　アレクシアはうなずき、あらためて頭《こうべ》を垂れた。

「頼りにさせていただきます。いずれすべての憂《うれ》いごとがかたづいたあかつきには、ディアナとあなたがたの再会の機会を設けさせていただきたいものです」

　自分と同じく小夜啼《さよなき》城で生まれ落ちたディアナが、なにもかもの始まりの地であるこの城にたどりついてこそ、ふたりの数奇な運命にようやくひとつの区切りがつけられるのではないか。

　勝手ながら、アレクシアは近くそんな未来がおとずれることを思い描いていた。

　カティア嬶はうるんだ瞳で、なんとかほほえんでみせる。

「そうなることを心待ちにしておりますわ」

「どうかそれまでお元気で」

「姫さまも王都までの道中くれぐれもお気をつけて。そのようなお姿に身をやつしていらしても、たいそう麗《うるわ》しくておいでなのですから」

　アレクシアは苦笑した。

「ご忠告しかと肝《きも》に銘じます。麗しいかはともかく、隙《すき》だらけなのは自覚しておりますから。なにしろすでに三度も、ならず者に襲いかかられた身なもので」

するとと馬具の点検をしていたガイウスが、アレクシアに怪訝《けげん》そうな目を向けた。

「二度ではないのですか？」

「ん？」

ガイウスが数えているのは、ふたりが打ちあげられたウィンドロー近郊の海岸と、小夜啼城に至る街道での災難だろう。

「ああ、そういえばおまえには話しそびれていたな。じつは王都に身をひそめていた時期に、ディアナの昔なじみに一度かどわかされたんだ」

「な――」

たちまちガイウスは目を剝《む》いた。

「それはつまり、成長したディアナが王都に舞い戻ってきたものと誤解され、あれの古巣に連れ去られたということですか？」

「うん。悪名高いあの《奇跡の小路》にな。わたしもとっさにはぐらかすことができず、危うく手籠《てご》めにされて売り飛ばされるところを、リーランドたちが間一髪で助けにかけつけてくれたというわけだ」

ガイウスはみるまに剣呑《けんのん》な表情になった。

「王都に戻り次第、まとめてわたしがかたづけます」

「かたづけるとは？」

「一刀両断に斬《き》り捨てるか、じっくり斬り刻むか。どちらをお望みですか」

「そ、そういうのはいいから！」

半眼のガイウスから、本気の怒りを嗅《か》ぎとって、アレクシアはあわてふためく。

そのとき城館から、ひとりの少年が走りでてきた。

一目散に城主キャリントンのもとにかけつけ、小声でなにかを報告しながら、握りしめてきたものを手渡す。とたんに城主の顔つきが変わった。

華奢《きやしゃ》な小指ほどの鉛《なまり》の円筒には、アレクシアも見憶《みおぼ》えがある。伝令文を記した薄紙を巻いて収めて封をし、鳩《はと》の脚《あし》にくくりつけるための筒だ。

「王宮から、また伝令鳩が？」

「そのようです。しばしお待ちを」

キャリントンは腰の短剣で、封印代わりの蠟《ろう》を剝がしにかかる。

そして急ぎ紙片に目を走らせるなり、頰《ほお》をこわばらせた。

「これはいったい」

城主は動揺もあらわに伝令文を読みあげる。

「客人ともども、貴家にまつろう者を殲滅《せんめつ》せしめんとする私兵が王都より発つ――とありますが」

「客人というのは、わたしたちのことか？」

アレクシアが目をみはるとともに、ガイウスのまとう気の様相が、たちどころに鋭さを増した。

「我々の滞在が、すでに洩《も》れていたということですか」

「それに城の者たちをも手にかけるとは、尋常では――」

そう口走ったところで、アレクシアはみるまに蒼《あお》ざめる。

「つまりグレンスターがひそかに手勢をさし向けたのか？　わたしがこの地に身を隠していることをつかみ、ディアナの出生の秘密を知り得る者らも、この機に根絶やしにしてしまおうと？」

「経緯はわかりませんが、公ならやりかねません。ディアナの痕跡《こんせき》を消すために、なにも知らぬ《白鳥座《はくちょう》》の者たちもすでに犠牲にしておりますから」

「……そうだな」

あまりにおぞましく、ディアナに伝えそびれていた悲報の記憶を呼びさまされ、アレクシアの胸は痛みにきしむ。

緊迫した面持《おも》ちのキャリントンが、巻き癖のついた紙片をさしだした。

「ではこの報《しら》せは、わたしどもに対する警告と受け取ってさしつかえないのでしょうか。どうもこたびの急報は、通常の手続きを経て託されたものではないようで。署名も捺印《なついん》もないこのような伝令文は、一度も目にしたことがありません」

ガイウスは文面に目を凝《こ》らし、わずかに眉を動かした。

「この筆跡……おそらくアシュレイのものです」

「アシュレイの？」

不穏なとまどいがこみあげる。

グレンスターの中枢《ちゅうすう》そのものであるアシュレイがかんでいるのなら、この急報をどうとらえたらよいものか。一連のグレンスターの強硬な手段と、彼の態度は距離があるようにも感じられたが。

ガイウスもしばし考えこみ、

「彼が独断で報せを寄越したのだとしたら、それはディアナの意を汲《く》んでのことかもしれませんね」

「たしかにわたしをこの城まで導いたのはディアナだが」

「迂闊《うかつ》なあの娘が、姫さまの動向をグレンスターに悟られるへまをしでかし、泣きつかれたアシュレイが小夜啼塔の鳩舎《きゅうしゃ》から伝令鳩を拝借──盗みだして、ひそかに放ったというところではないでしょうか」

「あのアシュレイが、そのようなことまでするだろうか。伝令鳩の不正使用や伝令文の偽造には、厳罰が科せられるというのに」

「押しの強い女に流されやすい性質《たち》のようでしたから」

「…………」

いささか偏《かたよ》りのある見解だが、状況を考えるに妥当《だとう》な線をついていそうではある。

ついに焦《じ》れたように、カティア媼が身を乗りだした。

「ともかくも姫さまがたは、一刻も早くこの地をお離れにならなくては。早馬にもはるかに勝る伝令鳩といえど、どこぞで寄り道などしていれば、すでに猶予《ゆうよ》はいくらもないかもしれません」

城主夫妻も口々に同意する。

「いっそ西の港から海岸沿いに、海路で王都に戻られるのはどうかしら」

「そうだな。かなり遠まわりにはなるが、どこで刺客どもとすれ違うかもわからない街道を、予定どおりに東に向かうのは危険すぎる」

最善策をひねりだそうと、それぞれに思案を始める三人を、アレクシアは驚いてとめにかかった。

「待ってください。あなたがたを残して、わたしだけが逃げのびるようなまねをするわけにはまいりません」

しかしカティア媼は首を横にふった。

「お気持ちは大変ありがたいことですが、わたくしどもでは手練《てだれ》の私兵を相手に姫さまをお守りすることはかないません。あとはわたくしどもでなんとかいたしますから、どうか御身の安全を第一にお考えください」

アレクシアは無言でくちびるをかみしめた。

自分がここにいてはむしろ負担になる。だからといって、彼らを置き去りにしたらどうなるだろう。二十にも満たない城の住人は、女性や子どもが半数を占めるのだ。まともな戦力になりそうな者にかぎれば、片手の指で数えられるかどうかなのだ。

「ガイウス」

アレクシアは有能な護衛官をふりむく。

このまま見捨てるように城を去ることを、彼もまた善しとはしないはずだ。

そんな期待をこめてみつめた紺青《こんじょう》の瞳が、わずかな逡巡《しゅんじゅん》にゆらぐ。しかしそれはほんのつかのまのことにすぎなかった。

ガイウスは心を決めたように、カティア媼に向きなおる。

「城の住人が一時的に身を寄せられるような、たとえば近隣の修道院などにお心当たりはありますか？」

「ないとは申しませんが、城がもぬけの殻《から》になっていれば、それこそ血眼《ちまなこ》になった刺客がわたくしどもを捜しあて、残らず始末しようとするのではないかしら。結果として犠牲者が増えることになるのではと……」

「では正面きって迎え撃つおつもりですか？」

「やりようによっては、持ちこたえることができるかもしれません。かつて幾度もの激戦を耐え抜いた小夜啼城ですから」

「なるほど。籠城《ろうじょう》戦なら活路はあるか……」

ガイウスは独りごち、思案をめぐらせる表情になる。

そんな彼を見遣《みや》り、キャリントンがふとつぶやいた。

「そういえばあなたさまは、ラングランド国境の戦役で名をあげられたのでしたね」

「昔のことです」

浮かべそこねた苦笑が、ぎこちなくガイウスの片頬をゆがませる。

武勲《ぶくん》とともに得たものもあれば、失《な》くしたものもある。あげくのはてには堕《お》ちた英雄として、群衆の熱狂のただなかで首を刎《は》ねられそうになった。その感慨は、とてもひとことで言い表せるものではないだろう。

「とはいえ要塞塔の防衛戦なら経験があります。グレンスターが城の住人をひとり残らず仕留めるつもりであれば、夜の攻城を狙うでしょう。つまり早くとも今日の日暮れまでは猶予があるわけです」

今度こそガイウスは頼もしい笑みをかえした。

「それまでに協力して、徹底的に作戦を練りましょう」

じきに選ばなければならないときがくる。

そう告げたセラフィーナは、あれきり沈黙している。

しかしながら連日の議会は、紛糾《ふんきゅう》を極めている――らしい。

現状はエリアス派と、それに異を唱える者らが対立するかたちで、議論を戦わせているようだ。このままエリアス派が優勢になってくれれば、あえてこちらが王位争いから退《しりぞ》くまでもなくなるはずだ。

それを心から祈りつつ、ディアナは寝室の窓から西の空を望んだ。

「あの鳩……ちゃんと小夜啼城までたどりつけたかしら」

もはやグレンスターの手勢をとめることはできない。ならばせめて先方に急を知らせることで、殺戮《さつりく》を免《まぬが》れることができないか――そう考えたアシュレイは、小夜啼塔の伝令鳩に目にとめたのだ。

ひそかに鳩舎の鍵をこじ開け、無数の嘴《くちばし》につつかれ、羽毛だらけになりながら目的の鳩をつかみだし、懐《ふところ》に隠して塔から連れだすのは、なかなかのひと騒動だった。

こんな状況でなければ笑い話になりそうだが、悪天候や天敵に襲われて鳩が行方不明になることもめずらしくはないというので、不安はふくらむばかりだ。

「ディアナさま」

名を呼ばれ、水球のように身をつつみこんでいた不安の膜が、ぱちんと弾《はじ》けた。

ふりむくと、扉口からヴァーノン夫人がこちらをうかがっている。

思えば夫人の態度は初めから、一介の雇われ役者に対するものではなかった。

その親しみと恭《うやうや》しさに値《あたい》する記憶も感情も、こちらは持ちあわせていない。それがいまのディアナにはたまらなく苦しく、もどかしい。

「お客人がおみえになられたのですが、いかがいたしましょう」

「ま、まさかセラフィーナさまですか？」

ディアナはぎくりとするが、告げられたのは意外な相手だった。

「それがカルヴィーノ師とダルトン卿が、連れだっておいでになりまして」

「宮廷画家と、エリアス殿下の護衛官がですか？」

驚くディアナに、夫人もまた困惑顔でうなずきかえした。

「なんでも先日完成したばかりのアレクシア王女の肖像画について、あらためてご本人の意向をうかがいたい点があるため、お手数ながらエリアス殿下の寝室までお運びいただけないだろうかとのことです。王女殿下の御身の安全については、ダルトン卿みずから保証してくださるからと」

ディアナははっとする。つまりこの唐突な呼びだしは、エリアスの謁見《えっけん》を受けるための方便なのではないか。あの肖像画について相談したいなら、壁から外してこちらに持参するという方法もあるのだから。

それをダルトン卿が了承しているということは、エリアス自身が姉の見舞いを望んでいるのかもしれない。あれから日をあらためてエリアスの居室をたずねたが、槍《やり》を手にした衛兵に追いかえされたきりだった。

ディアナは迷わず心を決めた。

「すぐに行きます」

「ですが若さまがおいでになりませんと」

アシュレイは議会の状況を知るために、外廷まで出向いているところだった。

「ダルトン卿は信頼できるかたなので大丈夫です。謁見をすませたら部屋まで送り届けてもらいますから、アシュレイにもそう伝えてください」

ヴァーノン夫人を説得し、ディアナは廊《ろう》で待つふたりのもとに急いだ。

「カルヴィーノ師にダルトン卿。あなたがたがいらしたのは、エリアスがわたしを呼んでいるからですか？」

カルヴィーノ師は優雅なしぐさで腰を折った。

「これは話が早くて助かります。仰《おお》せのとおりエリアス殿下のご希望を汲み、このような策を弄《ろう》させていただいた次第です」

あたかも軽妙な歌をくちずさむような、洒落者《しゃれ》らしい陽気さは顕在《けんざい》だ。

しかしどこか空元気のようなぎこちなさもおぼえ、ディアナは少々とまどいながら、

「こちらこそ助かります。エリアスを見舞いたくても衛兵に門前払いされて、訪問を知らせることもできなかったので。エリアスはどのような様子ですか？　食欲は？　もう日常には不自由ないまでに、快復しているんでしょうか？」

急《せ》いて問いをかさねるにつれ、ふたりの表情がこわばりを増していく。

さすがにディアナが口をつぐむと、廊に冷え冷えとした沈黙が広がった。

「王女殿下。道々ご説明いたしますので、どうぞひとめにつきませんうちに」

沈痛な面持ちのダルトン卿にうながされ、ディアナはよろめくように歩きだす。

エリアスはひとりきりの療養生活に飽《あ》いて、姉恋しさにアレクシアを呼ぼうとしたのではないのだろうか。

悪い予感が吐き気のごとく、喉許《のどもと》にせりあがってくる。

やがて先導するダルトン卿が、ささやくように伝えた。

「戴冠《たいかん》式の当日に、殿下が最悪の容態から持ちなおされたことは事実です。しかしながらもとより頑健ではあらせられないお身体《からだ》に、毒がもたらした影響は計り知れず、日に日に衰弱《すいじゃく》は進まれて、もはや手のほどこしようがないと」

手のほどこしようがない。

不穏な音の連なりが、やや遅れて意味を成したとたん、頭を殴りつけられたような衝撃を受ける。

「そんな……」

ディアナはたまらず足をもつれさせた。

「でも、ですがウォレス侍医がついているなら、貴重な薬や滋養のある料理だっていくらでも用意できるはずです。バクセンデイル侯だって、そのためのお金を惜しんだりなさらないでしょう？」

我を忘れて素の口調にひきずられながらも、訴えずにはいられない。

しかしダルトン卿は、かたくなな背を向けたまま、首を横にふった。

「ウォレス師の診《み》たてによれば、あとはエリアス殿下ご自身の生命力がどこまで保《も》つかにつきるそうです。おそれながらわたしの目にも、そのように映ります」

「…………」

あまりにも認めがたい現実に、ディアナは声をなくした。

そんなディアナを、足をとめたダルトン卿がふりかえる。

「ですからアレクシア王女殿下、どうかお覚悟を決められたうえで、有意義なひとときをおすごしください」

「有意義な……」

「はい。酷なお願いであることは重々承知しておりますが、エリアス殿下の御為にも悔いのないおふるまいに徹していただけますよう」

ダルトン卿は告げている。ともすればこれが、姉弟《きょうだい》が水入らずで語りあえる最期《さいご》の機会になるかもしれないと。

だから悲嘆のままに取り乱し、むしろエリアスに気を遣わせるようなことはせず、死に瀕《ひん》した弟をいたわり、なぐさめ、いくらかでも安らかな臨終のときを迎えられるよう、姉として心を尽くしてほしいと。

そうだ——自分はエリアスの姉アレクシアにならなければならないのだ。

あらためてその役割を自覚すると、動揺の波がいくらかおちついた。

「……わかりました。できるかぎりの努力はすると、お約束します」

「感謝いたします」

深く一礼し、ダルトン卿はふたたび歩きだす。

ほどなく国王の居室にたどりつくと、すでに卿が話をつけていたのだろう、衛兵はなにも問わずにディアナを通してくれた。控えの間にもいつもの小姓の姿はなく、なんらかの事情で彼らが部屋を離れる機会を、あえて狙ったのかもしれない。

「では我々はこちらに控えておりますので」

ふたりにうなずきかえし、ディアナは陰鬱《いんうつ》な寝室に足を踏みいれた。

「エリアス？」

天蓋《てんがい》から垂れた緞帳《どんちょう》に手をかけ、寝台をのぞきこむ。

とたんにディアナは息を呑《の》み、あとずさりそうになった。

覚悟を決めたつもりでいたが、甘かった。医師の診たてはあまりに悲観的にすぎるのではないかと、心のどこかで安易な期待をしていたことに気づかされたのだ。

邪悪な霊に取り憑《つ》かれ、刻一刻と精気を吸い取られているかのように、小柄なエリアスの肢体《したい》は枯れ枝のごとく病み衰《おとろ》えていた。

汗ばんだ眼窩《がんか》はねじれた流木のように落ち窪《くぼ》み、力なく投げだされた腕にはまだらの痣《あざ》のようなものが浮かんでいる。

それはあたかも場末の路端に横たわり、この世のなにもかもに見捨てられて死にゆこうとしている孤児のような姿だった。

「どうか、そのようなお顔をなさらないでください……」

しわがれた声にどきりとして視線をあげると、うつろに充血した双眸《そうぼう》がこちらに向けられていた。

「エリアス」

ディアナはくずおれるように、寝台の脇にひざまずいた。

脆《もろ》く欠け落ちそうなエリアスの指先を、たまらず両手につつみこむが、もはや握りかえしてくる力はない。

それでも彼はなんとか口許に笑みを浮かべようとしながら、

「あまり食欲がなくて……」

痩《や》せてしまったと弁解してみせるが、すでにまともな食餌《しょくじ》を受けつけない身体になっているのだろう。

飢《う》えているにもかかわらず、食べものや飲みものが喉を通らなくなったら、生きものはおしまいなのだ。ディアナはそれを痛いほどに知っている。

だがアレクシアならどう感じるか。どうふるまうか。

「おまえが」

ディアナは自分を叱咤《しった》し、声を絞りだした。

「おまえがここでひとりきりで闘っていると知っていたら、外壁を伝い降りてでも会いにきたのに」

とたんにエリアスは、泣き笑いのように目許をゆがませた。

「このような負け姿を、お見せしたくなかったのです」

「おまえは負けてなんて」

「いいえ。すべてはわたしが至らぬせいなのです」

なぜエリアスがそうと決めつけているのか、ディアナにはわからなかった。

「そばにおいていた者に毒を盛られたのは、おまえの落ち度だなんていう声を本気にしているの？　おまえにはダルトン卿のような立派な臣だっているんだから、自分で選んだわけでもない侍従ひとりに裏切られたからといって――」

「ですがそのダルトン卿でさえ、わたしが毒を盛られ続けていたことには気がつけませんでした」

「……盛られ続けて？」

その状況に理解が追いつくなり、ディアナは激しい恐怖に見舞われる。

「そんな！　だって……」

毒は戴冠式を失敗に導くため、当日の朝に盛られたはずではなかったか。そうでなければこの自分にも、戴冠式までに異変を察する機会は、幾度もあったことになる。

「まさか戴冠式が近づくにつれて、顔色が悪くなっていたのは」

「徐々に影響が出始めていたようですね」

おそらくは死の床のエルドレッド王が、遺言であらためてエリアスを王位継承者に指名したあとから、わずかずつ毒を盛られていたのではないかという。

「わたしはついにおとずれた戴冠を重荷に感じ、その怯《おび》えが不調をもたらしているものと思いました。ウォレス師も、バクセンデイルの祖父上も、つきあいの長い侍従たちも、誰もがそう考えたのです」

ディアナもそのひとりであることを、エリアスはあえて口にしなかった。

「食欲がなかったり、喉に違和感があったり、頭痛や発熱に悩まされるなんて、いつものことでしたから。そうでなければウォレス師だって、毒の作用を疑ったはずです」

エリアスは喘《あえ》ぐように息を継ぐ。

「だからやっぱりぼくのせいなんです」

「そんなはずない。そんなはずが……」

それ以上のどんな言葉もかけられず、ディアナの声はみじめに潰《つい》える。

所詮《しょせん》は偽《いつわ》りの交流をしたにすぎないディアナでさえ、後悔に身をひきちぎられそうなのだ。心ある臣なら、エリアスの述懐《じゅつかい》にどれほど自責の念をかきたてられることか。

しかしダルトン卿は、エリアスが長く毒を盛られていたことにはふれなかった。

「ひょっとしてこのことは秘密にされているの？」

「わたしがウォレス師にくちどめをしたんです。バクセンデイルの祖父上にも黙っていてくださるようにと」

「どういうこと？」

消えた侍従の部屋を調べたウォレス師は、狼茄子《ベラドンナ》だけでなく、砒霜《ひそう》と呼ばれる鉱石の粉をも発見した。それを摂《と》りこんだ初期症状が、とみに頻度《ひんど》を増していたエリアスの不調とかさなることから、真相にたどりついたのだという。

エリアスの肉体は、すでに毒に蝕《むしば》まれていた。そのさまを見慣れていた者は、あらたに激烈な作用をもたらす毒が盛られたことも見破れず、戴冠式は最悪のかたちで中断を余儀なくされた。

仮にその目論見《もくろみ》が外れていたとしても、いずれエリアスが衰弱し、若い命を散らすことは運命づけられていたのだ。

「祖父上に報告したところで、もはや手遅れです。にもかかわらず、もっと早くに見抜けなかったことで、ウォレス師がお咎《とが》めを受けることになってはたまりませんから。わたしがここまで生き延びられたのは、そもそもあのかたのおかげだというのに」

ままならない肉体と向きあい、ともに格闘してきた日々をかみしめるように、エリアスは長いため息をつく。

そしてささやいた。

「ですがあなたは、自力で立派に生き抜いてこられたのですね」

「え……」

あなたという呼びかけに、ディアナの胸はかすかにざわめく。

しかしその理由を鮮明につかむまえに、エリアスは続けた。

「あなたは、わたしの姉上ではありませんね」

「！」

ディアナはたちどころに息をとめた。

エリアスは気がついていたのだ。ディアナが偽者のアレクシアであることに――しかもこのおちつきぶりからして、おそらく昨日今日のことではないはずだ。

ディアナはどうしたらいいかわからず、

「殿下」

とっさに手を放し、エリアスから身を遠ざけた。

「そのようにかしこまらないで。わたしはあなたとお会いできて、本当に嬉《うれ》しかったんです。だってあなたのことは、昔から存じあげていたんですから」

そしてあたかも神聖な祈りの文言《もんごん》のようにくちずさむ。

「市井《しせい》でめぐりあった、もうひとりのわたし」

ディアナはじわりと目をみはる。

「あなたのことですよね？」

「……アレクシアから？」

「はい」

エリアスはやつれた頰でほほえんだ。

「わたしはおふたりの奇跡のようなめぐりあいにすっかり魅了されて、そのときのお話をくりかえし姉上にせがんだものです」

「そんなことが……」

明日をも知れない孤児の生きざまが、そのようなかたちで王太子の耳にまで届いていたとは。

「あなたがどうされているか、わたしも気にかけていたのですが」

もはや隠す意味はないだろう。問われるままに、ディアナは打ち明けた。

王都を離れ、アーデンの町に流れついてからは、一流の役者になるべく修業に邁進《まいしん》してきたこと。それは必死ながら、とても楽しい日々だったこと。

「でも、あたしのことをご存じでいらしたなら、あたしがアレクシアのふりをした偽者かもしれないとも、すぐに気づかれたんじゃありません？」

「それは……はい。じつは姉上の寝室に、わたしが窓からうかがった晩に」

「初日じゃない！」

おもわず素で叫び、あわてて口を押さえる。

エリアスがすまなそうに眉をさげた。

「ガイウスの妙な態度に加えて、あなたが陛下のことを父上と口にされたときに、違和感が確信に変わりました。わたしたち姉弟は決して、陛下をそのようにはお呼びしませんでしたから」

「そ、そんなことで……」

ディアナはがくりとうなだれた。

「ごめんなさい。せっかくの努力を無駄にして」

「いいんです。殿下が謝ることとなんてありません」

「ふたりきりでいるときに、お伝えしようか迷いはしたんです。けれどあなたのみごとな演技を終わりにしてしまうのが忍びなくて……それにときおり、本当に姉上が目のまえにいらっしゃるように感じたものですから」

「そんなふうに思っていただけるなんて、役者冥利《みょうり》につきます」

自分でも驚くほどすんなりと、ディアナはそう告げることができた。

幻でも失いたくないと、エリアスが望んだのはアレクシアだ。しかしその幻をたちあがらせたのは、この自分なのだ。

エリアスはつと双眸を閉ざした。

「姉上は……いまもご健在なのですよね」

あふれる思慕にふるえる声が、ディアナの耳に刺さる。

ディアナを相手に、あくまで王太子らしくふるまっていても、アレクシアの身を案じていないわけがないのだ。

「もちろんです。ほら、しばらくまえにガイウスを処刑台から救ってのけたのも、本当のアレクシア王女ですよ」

「ああ……やはりそうだったのですね」

エリアスは心から安堵《あんど》したようにつぶやく。そして遠慮がちにたずねた。

「どのようなご事情かは、うかがわないほうがよいのでしょうか」

「実際のところ、あたしにもよくわかっていないんです。でもきっともうじき、入れ替われるはずですから」

自分たちの出生の秘密を知るために、小夜啼城まで出向いているのだとは、伝えられなかった。自分の身にも、デュランダル王家の血が流れているのかもしれないと、いまさらエリアスを惑わすことにどんな意味があるだろう。

まるでエリアスとアレクシアの絆《きずな》に張りあうかのように、あくまであいまいな可能性をここで口にしたくはなかった。

「そうなれば、姉上が玉座にあがられるのでしょうか」

希望にすがるように、エリアスはけだるげなまなざしをあげる。

「それはあの子が決めることだけど……いざとなったらためらわない気がします。だってあなたをこんな目に遭わせた相手を、許すはずがないですから」

それが誰なのかについては、どちらも口にしようとはせず、エリアスはただ苦しげに目を伏せただけだった。

ディアナは暗い怒りをかみしめる。

セラフィーナはこうなることを知っていた。

だからじきに選ばなければならないときがくると告げたのだ。

エリアスが他界すれば、残る王位継承者はふたり。アレクシアがその争いから退くことで、おのずと玉座はセラフィーナのものになる。

つまりはウィラードの勝ちが決まるのだ。

「わたしは正式な王ではありませんから、わたしの遺言には姉上を継承者として指名するだけの効力がないそうです。こんなときにもお役にたてないなんて……」

「そんなこと」

悄然《しょうぜん》とするエリアスの表情がいともせつなげで、ディアナは全霊で否定する。

「役にたつとかたたないとか、そんなこととは関係なしに、殿下はいるだけでアレクシアの支えになっていたはずです」

「あなたも姉上と同じようにお優しいのですね」

そうつぶやいたエリアスは、いつしか夢みるようなまなざしを天蓋に向けていた。

「ずっと想像していたんです。姉上とあなたのように、わたしにも市井のどこかに対の姿をした少年がいて、わたしの代わりに元気に走りまわっているのではないかと」

「あ……」

ディアナはようやく理解できた気がした。

もうひとりの自分とめぐりあったというアレクシアの体験談に、なぜエリアスが強く心惹《ひ》かれたのか。

あの冬の日に、その気になりさえすれば何者にだってなれるはずだとディアナに告げたアレクシアが、高価な外套とともになにを託そうとしたのか。

ディアナはけんめいに伝えた。

「対の姿ではありませんが、市井でのアレクシアはしばらくのあいだ、殿下と同じ齢《とし》ごろの男の子とすごしていたはずですよ。あたしのいた《白鳥座》の後輩なんですけど、アレクシアはその子と接するたびに、会いたくても会えない殿下の姿をかさねていたんじゃないかしら。あたしにとっても、弟みたいな存在でしたから」

「ああ……ではその子がもうひとりのわたしですね」

エリアスは隈《くま》に沈んだ目許に、無邪気な喜びを浮かべた。

「わたしもその子に会ってみたかったな」

「ノアにならもう会われてますよ」

ディアナはすかさず身を乗りだした。

「収穫祭の御前公演で、客席のわたしに花束を渡した子役を憶えていますか？」

「あの鳶《とび》色の髪の？」

「そう！　その子です」

「たしか舞台でも、小姓の役を演じていましたか」

「そうでしたね。あのときはほんの端役でしたけど、あれでいて勘も悪くないし、将来はなかなか有望なんですよ。そういえば《白鳥座》では、王子の幽霊の役もこなしたことがありました」

「王子の幽霊？」

「そうなんです。幼くして政敵に暗殺された悲劇の──」

失言を悟ったディアナは、たちまち蒼ざめる。

しかしエリアスはむしろ嬉しそうに、

「そうですか。ではわたしがこの世を去っても、彼が代わりにわたしを演じ続けてくれるのですね」

満足げな吐息をこぼした。

もはや思い残すことはなにもない。

そんなエリアスの様子に、ディアナは狼狽《ろうばい》する。

「ねえ。だめよ。元気をだして」

なけなしの敬語もかなぐり捨て、必死に訴える。

「もうじきアレクシアが戻ってくるんだから、せめてそれまで持ちこたえなくちゃ、アレクシアが悲しむわ。アレクシアにだって、あなたに話してあげたいことが山ほどあるはずよ。だからほら、なんとかがんばって――」

「そうですね」

エリアスはほほえんだ。

「楽しみです。本当に……」

それきり目をつむり、エリアスは浅い寝息をたて始める。

そのかんばせはすでに、長い幸せな夢に旅だっているかのようだった。


「ふたりきりにしていただいて、ありがとうございました」

足音を忍ばせて寝室をでたディアナは、ダルトン卿に感謝を伝えた。

中背でありながら、いかにも頑強な印象だったはずの卿は、降りしきる雪に耐える老木のような風情だった。

「エリアスはさきほど休みました。長く語りあいましたので、疲れさせてしまったかもしれません」

「殿下もそれをお望みでしたでしょうから」

剣術などの指南役としてのダルトン卿にとって、エリアスは決して鍛えがいのある生徒ではなかっただろう。それでもエリアスについて語る卿のまなざしには、あふれるような慈《いつく》しみがこめられていた。

その想いを受けとめるように、ディアナはうなずく。

「あの子のそばに、ついていてあげてくださいますか?」

すると壁の綴織《つづれ》りをながめていたカルヴィーノ師が、名乗りをあげた。

「では卿の代わりに、わたくしが王女殿下をお送りいたしましょう。肖像画の件で、少々うかがいたいこともございますし」

ただの方便ではなかったのか、それともいざというときのための口裏あわせか、いずれにしろディアナに異存はない。エリアスのことはダルトン卿に任せて、カルヴィーノ師とともに部屋をあとにする。

「あの肖像画に、手を加えることを考えておいでなのですか?」

「その必要があるかどうかを、念のためにご相談するべきかと」

「エリアスにではなく?」

「ええ。あなたご自身に」

「わたしには、これ以上ないほどに完璧な出来に感じられますが」

「そう自負しておりますよ。アレクシア王女殿下のご肖像としては」

カルヴィーノ師はおもむろに身を折り、声をひそめた。

「ですがあなたは、王女殿下ではあらせられないでしょう?」

「──っ!」

ディアナはびくりと肩を跳ねあげた。

「すくなくともアレクシアさまではない」

「なぜそのような、馬鹿《ばか》げたことを……」

まさかこうもたて続けに、正体を暴かれることになるとは。

たまらず足をとめると、こわばる背すじに冷や汗がにじみだす。

「皮と血肉を透かして骨格を読みとるのが、画家というものですからね」

「骨格」

「どのような相貌《そうぼう》にも、左右にはわずかな歪《ゆが》みの差がございます。生まれつきそっくりの双生児などにしてもそれは同様で、各々《おのおの》の生活環境や癖によっても変化してゆくものなのです」

その微妙な差異から別人を疑うとは、やはり優れた画家の眼はあなどれない。

しかしカルヴィーノ師の指摘は、あくまで絵師の直感でかたづけることもできる。消せない黒子《ほくろ》のような、明白な証拠にはならないはずだ。

「ああ! どうかそのように怯えないでいただきたい。わたくしはあなたの敵というわけではありませんから」

「つまり味方でもないと？」

強気にきりかえすと、カルヴィーノ師は目をみはった。

「これはまいりましたね」

額《ひたい》に指先をあてて首をふるものの、その様子はどこか楽しげだ。

手をおろしたカルヴィーノ師は、あらたまった顔つきで告げた。

「率直に申しあげて、警戒はいたしました。人知れずアレクシア王女殿下に成り代わり、そのお立場を利用することで、エリアス殿下を害する役目を負われているのではと」

「そんなことはしません！」

ディアナはたまらず声を荒らげる。

あわてて周囲に視線を走らせるが、幸い廊にひとけはない。

「よろしければおつきあいいただけませんか。ここよりはあちらのほうが内緒話に向いておりますので」

ディアナの緊張をほぐそうとしてか、カルヴィーノ師はにこやかにうながした。

本来なら応じるべきではないのだろう。いまなら不躾《ぶしつけ》な誘いをふりきり、立ち去ることもできる。

けれどもしここで自分が危害を加えられたとしても、真の王女であるアレクシアは安全だ。あらためて認識した状況は、ほのかな光明のようにディアナをおちつかせた。

「では案内を」

そこは廻廊《かいろう》のつきあたりで、色硝子《ガラス》を嵌《は》めこんだ窓が美しいものの、王族の部屋からは遠いために、人々の動線からは外れているだろう界隈《かいわい》だった。

カルヴィーノ師は順を追って話しだす。

「敵でも味方でもないと申しあげたのは、すなわちわたくしの行動は、最終的には母国の利のためであるということです」

「それって――」

「特定の任務のために、諜者《ちょうじゃ》として潜りこんでいるわけではありません。しかしこの国の宮廷事情に耳目《じもく》をそばだて、不穏な動きがあれば報告するようにという指示を、本国から受けております。まあ、外交官であれば誰でもやっているようなことですが」

しかし並みの外交官よりも、宮廷画家という特別な立場だからこそ見聞きできる貴重な情報もある。そういうことなのだろう。

ひと呼吸おいて、カルヴィーノ師はたずねた。

「あなたは我が祖国ヴァザーリをご存じですか？」

「たしかローレンシアの隣の……」

「小国です。いつ他国に攻めこまれ、滅ぼされてもおかしくないようなね。特にローレンシアの脅威《きょうい》には、常に脅《おびや》かされてきました。そのような我が国を支えているのが、芸術です。美術に音楽に建築に工芸。さまざまな分野における優秀な人材を各国に送りだし、その価値を認めさせることが祖国を守る楯《たて》となるのです」

「あなたのような人材を？」

「よくおわかりで」

カルヴィーノ師は謙遜《けんそん》することもなく柔和に笑んだ。

「ガーランドとヴァザーリは伝統的に友好関係にあります。そしてローレンシアの侵略を恐れる我が国にとっては、ローレンシアとガーランドの友好もまた潰えさせてはならないものなのです」

友好国の友好国には、手をだしにくくなるということか。

「ですからエリアス殿下の戴冠が叶わぬのであれば、我が国としてはなんとしてもアレクシア王女殿下の戴冠をめざさなければなりません」

「でも女王になったら、婚姻《こんいん》の行方はわからなくなるんじゃ」

「それでもウィラード殿下よりはましです。あのかたはひそかにエスタニア貴族と組んでいるようですから」

ディアナは息を呑む。

「……それは本当ですか？」

「ありがたいことにこの都では、さまざまな顧客のみなさまにご贔屓《ひいき》いただいておりますものでした」

そうした多数の顧客の邸宅に出入りするなかで、耳にしたことなのだろうか。

あいにくディアナには、それが真実なのか否《いな》か判断する術《すべ》がない。

しかしあえてこちらを騙《だま》したり試したりするつもりでなければ、カルヴィーノ師は重要な手札を惜しみなくさらしていることになる。これは彼としても、かなり思いきった賭《か》けではないだろうか。

「ですからあなたさえお望みなら、喜んで手をお貸しします。個人的に、あるいはグレンスターに協力するというかたちでも」

真摯《しんし》なまなざしを受け、ディアナはめまぐるしく考える。どこまでなら内情を打ち明けてもさしつかえないか、判断を誤《あやま》れば大変なことになる。

「……詳しいことはお伝えできません。ですがアレクシアは命を狙われていて、よく似たあたしが身代わりを務めているんです」

「では王女殿下は」

「いまは安全なところにいます。そして宮廷に戻る機会をうかがっているはずです」

そうであることを心から祈る。

「ですからこれからあたしの身になにがあろうと、アレクシアがいるかぎりあなたの望みも絶たれません」

ディアナはひとつ深呼吸をする。そして意を決して告げた。

「いざそのときがきたら、あなたに伝言を託してもかまいませんか。《アリンガム伯《はく》一座》のリーランドとノアに」

「アリンガムといいますと、先日の御前公演で演じた？」

「はい。アレクシアのために力を尽くしてもらいたいことと……これまでの感謝を。あなたたちといられて楽しかったと」

カルヴィーノ師はわずかにたじろぐ。

「それではまるで、あなたのご遺言のように聴こえますが」

こわばる両手を握りしめ、ディアナはうなずいた。

「そう受け取っていただいてかまいません」

「本当にそれでよろしいのですか？　もしも無理やりに影武者役を押しつけられているのなら、なんとか逃がしてさしあげる方法も――」

「いいんです。あたしがここに残らなければ、意味がありませんから」

自分が宮廷で劣勢を強《し》いられていれば、敵を油断させることができる。

アレクシアの利を導くために、こちらの行動のひとつひとつが鍵となるのだ。

身代わりとしての真の戦いが、まさに始まろうとしていた。

3

もうすぐ陽《ひ》が沈む。

主塔の胸壁《きょうへき》から、アレクシアはひたと南の丘をみつめた。

敵はおそらく宵《よい》を狙って襲撃をしかけてくる。それがガイウスの読みであった。

ひとめにつきにくく、標的が城内にそろい、かつ騎馬でのたちまわりにも不自由しないためだ。

「ここは冷えます。やはりカティア媼と城館で待機されていては？」

同じく胸壁に身を潜めたガイウスが、気遣わしげにうながす。

しかしアレクシアは首を横にふった。

「いいんだ。子どもたちだってそれぞれに役目を果たしているのだから、わたしもできることをしたい。ただ隠れているのもおちつかないものだし」

「さようですか」

ガイウスはくいと片眉をあげ、

「このわたしからは、幾度となく身を隠されていた記憶がありますが」

「好いた相手に追われるのは、快《こころよ》いものだからな」

つまりはそういうことだったのだろう。

ガイウスの関心を、否応《いやおう》なく自分に向けさせるために、かつてはそんなつたない手段に頼るしかなかったのだ。

「わたしも楽しんでおりましたよ」

「知っている」

いたずらな視線をかわし、ふたりは白い息を洩らした。

ガイウスはおもむろに外套の片裑《みごろ》を広げてみせ、

「どうぞこちらへ」

「うん」

誘われるままに身をゆだねたアレクシアを、懐につつみこんだ。

凍えかけた四肢のこわばりが、熾火《おきび》を呑みこんだようにほどけてゆく。

「しかしおまえに捜しまわられるのは、もう二度とごめんだな。奇襲で負った怪我《けが》が治りきってもいないのに無茶をして、あげくに拷問《ごうもん》まで受けて、こうしていまも生きているのが不思議なくらいだ」

「わたしはしぶといので、生半《なまなか》なことでは死にません」

「懲《こ》りていないな」

アレクシアは首をねじり、ガイウスを睨《にら》みあげる。

「誰がおまえを処刑台から助けだしたのか、もう忘れたのか」

「忘れるものですか」

ガイウスはアレクシアの髪に顔をうずめた。

「あなたに救われた命です。決して手放しはしません」

「神にかけてか」

「誓います」

アレクシアはガイウスの腕にしがみついた。

こんなふうに恩を着せるようなまねはしたくない。

しかし迫る宵闇《よいやみ》が、アレクシアをたまらなく不安にさせる。いざとなれば、城の誰より腕のたつガイウスが、身を挺《てい》して敵と対峙《たいじ》することになるのだ。

「……グレンスターの私兵は手強《てごわ》いのだろう？」

「しかし奴らは、我々を取るに足らぬ相手とみくびっているでしょうから、勝機は充分にあります」

「たしかおまえが戦況をくつがえしたラングランド国境の戦役でも、敵のあなどりを逆手に取ったのだったな」

防壁としての長城に隔《へだ》てられた国境地帯は、いにしえよりたびかさなる敵の襲撃にさらされてきた。彼《か》の地の要塞塔がとりわけ堅牢《けんろう》なのは、敵襲を受けた近隣の住民がそろって避難するための砦《とりで》でもあるからなのだ。

ガイウスが昔話のように語る。

「偵察に出向くと、すでに敵に攻囲された要塞塔に残るのは、怯えきった土地の者と満身創痍《そうい》の負傷兵がほとんどで、上官は見捨てるよりないと断じました」

「だがおまえは逆らった」

「いずれ彼らが死を免れないことは、わかりきっていましたから」

そこで投降を装い、あえて敵を招きいれることで兵力を分断し、考えられうる最小限の犠牲で大隊の指揮官を人質に取った。それが偶然にもラングランド国王の寵臣《ちょうしん》だったことが、続く形勢逆転のきっかけとなったのだ。

しかしガイウスは戦友を喪《うしな》い、規律に背いたことで軍内での栄達もかなわず、その自責と挫折《ざせつ》は、いまも彼の心に影をおとしているようだった。

苦さを含んだ声音《こわね》で、ガイウスはささやく。

「あれが最善手であったのかどうか、いまでもわかりません。しかしここぞという局面での女性陣の胆力は、新米の将校などよりよほど頼りになるものだと学びました。その意味で、わたしは今宵《こよい》の戦力にも期待を寄せているのです」

「そうか」

アレクシアはうなずき、気をひきしめた。

「ではわたしも見習わなければな」

「姫さまはもう充分ですから」

「なぜだ」

せっかくのやる気を削がれて、アレクシアがむくれたときだ。

「姫さま。あれを」

ガイウスの視線を追うと、すでに輪郭《りんかく》のぼやけた丘で、蛍《ほたる》のような光がふわりふわりと左右に浮かんでいる。

「ついにきたのか」

「そのようです」

あの灯《あか》りは、小夜啼城の子どもたちがこちらに送る合図だ。あらかじめ街道のそばに身を隠し、騎馬の一群が城に向かうのを確認したら、すぐさま知らせて寄越す手筈《てはず》になっていたのである。

「早く皆に伝えなければ」

アレクシアは急いで円塔をよこぎり、矢狭間《やざま》から城内に向けてさしだした角灯を、くりかえし揺らしてみせた。

すぐさまあちこちから呼応があり、待機していた人々が動きだす。

退路のない戦いが、ついに始まろうとしていた。

作戦はこうだ。

まずは敵に水堀を渡らせ、開いたままの城門から外庭に誘いこむ。

いまは王侯貴族を幽閉しているわけでもないので、鄙《ひな》びた古城の城門が開け放されていても、不審がられることはないだろう。

豊かな香草畑の広がる外庭から、二段構えの城壁で護《まも》られた内庭に建ち並ぶのが、城館や家臣の居住棟だ。

つまり刺客が目的を遂げるには、無人の外庭から内城壁の小門を抜け、内庭に向かわなければならない。

ガイウスはその複数の小門を、ただひとつのみ残して塞《ふさ》がせた。木柵で隠したり、山と飼葉《かいば》を積んだ荷車を横づけさせたりして、刺客が唯一の侵入路まで導かれるように仕向けたのだ。

「姫さま。こちらです」

「遅れてすまない」

城門の鍵を預かったアレクシアは、城の娘たち三人と連れだって、水堀の木蔭《こかげ》から刺客のおとずれを待ちかまえていた。騎乗の彼らが城内に走りこんだら、すかさず外から城門を閉ざしてしまおうというのである。

アレクシアは薄闇に耳を澄《す》ませた。

「馬蹄《ばてい》の音はもう聴こえるか？」

「わ、わかりません」

いざ決行のときが近づき、みな浮き足だっている。

「大丈夫。わたしの護衛官がついていれば、百人力だからな」

やがて鼓膜がわずかなふるえをとらえた。

それはみるまに近づき、ほどなく黒い影の連なりが大地を抉《えぐ》りながら、ほとんど勢いをゆるめることもなく城門に吸いこまれていった。

耳をそばだてると、続々と馬をおりた刺客たちが、迷わず罠《わな》に向かうのがわかった。彼らが内庭になだれこんだら、藺草《いぐさ》を撒《ま》いた地面に隠した網を四方からひきあげ、もんどりうって倒れこんだところに、急ごしらえの櫓《やぐら》から目潰《めつぶ》しの煮汁を浴びせかけ、狩りで鍛えた弩《いしゆみ》の毒矢を射ちこむ。

それでも取りこぼしがあれば、すかさずガイウスが仕留めるという策だ。

するとにわかに、城の奥が騒然とし始めた。くぐもったうめきに、焦りの怒号。それに鋭く指示を飛ばしているとおぼしきガイウスの声。

「さあ。いまのうちだ」

アレクシアは娘たちをうながし、城門までかけつけた。

背丈の二倍以上はありそうな扉を、力をあわせて閉じにかかる。

しかし残りの扉に手をかけたときに、アレクシアは息を呑んだ。

外庭にひとり残った騎乗の男が、まさにこちらをふりむかんとしている。

作戦を指揮する地位にあるのだろうか、もし彼が斬りかかってきたら、扉で防ごうにももはやまにあわない。

とっさの身動きができずにいるうちに、男と視線がかみあった。

とたんにアレクシアは奇妙な感覚にとらわれる。

「そなたは……」

「ディア……いや、まさか……」

男はディアナの名を呼びかけた。それで記憶がつながった。

彼はグレンスター公の秘書官だ。どうりで既視感《きしかん》があるわけである。

タウンゼントにとっても、この邂逅《かいこう》は予想だにしないものであったようだ。呆然《ぼうぜん》とこちらをみつめたまま馬をおり、一瞬でも目を離したらこの光景が幻と消え去るのではないかと恐れるように、そろりと腰の剣に手をのばす。

「あなたさまがここに身を隠しておいでとは、嬉しい驚きですね」

薄い頬が、笑みのかたちにゆがむ。

「あなたの首を土産《みやげ》として持ち帰れば、わたしの失態を埋めあわせることができるかもしれませんね」

「……失態？」

「こちらの話ですよ」

タウンゼントが足を踏みだし、アレクシアはあとずさった。

左右は水堀で、もはや敵に背を向ける以外に逃げ道はない。

「どうか悪く思わないでいただきたい。なにもかもグレンスター公とディアナさまのためです」

「ディアナの」

その名に胸をつかれたアレクシアは、たまらず足をもつれさせた。

それを好機と距離を詰めたタウンゼントが、剣先の狙いをアレクシアの胸に定め、ひと息に貫こうとしたとき――。

「――っ！」

鈍いうめきとともに、タウンゼントはぐらりとよろめいた。そのまま両膝《ひざ》を折り、くずおれた彼の肩には、見憶えのある長剣が突き立っている。

はっとして目をあげると、

「姫さま！」

血相を変えたガイウスが、外庭からかけつけてくる。足ではまにあわないと判断した彼が、とっさに剣を投げて刺客の動きをとめたのだ。

「ガイウス」

「お怪我は」

「わたしは平気だ。城の者たちは」

「抵抗する輩《やから》を取り押さえようとし、打ち身を負った者がいるだけです」

「そうか」

ではうまくいったのだ。たったいま、危うくアレクシアが命を奪われそうになったこと以外は。

ガイウスが憤怒《ふんぬ》の面持ちで、タウンゼントの肩を踏みつけ、長剣を引き抜いた。たちどころに悲鳴をあげたタウンゼントが、激痛に耐えかねて額を地面にすりつける。

そのときようやくガイウスは、アレクシアを殺そうとしたのが誰であるか気がついたらしい。

「貴様……タウンゼントか」

ガイウスは王宮の地下牢でも、タウンゼントと対面している。そのときの非情で無礼な態度にいまの凶行が加わり、最悪な印象がさらに上乗せされているはずだ。

アレクシアは矢も盾もたまらず、両手でガイウスの右腕を押さえた。

「ガイウス。殺してはだめだ」

「……わかっています」

タウンゼントが、乱れ汚れた髪を透かして、ガイウスを睨みあげる。

「今度はわたしが地に這《は》いつくばる姿をさらすとは、これでおあいこですね」

「この程度で釣《つ》りあいが取れると、本気で考えているのか？　ならば相当におめでたい頭だな」

「ガイウス」

辛辣《しんらつ》にすぎるガイウスのきりかえしに、アレクシアは気が気ではない。

代わりにみずからタウンゼントにたずねた。

「そなたはグレンスター公の命で、城の者の口を封じにきたのか」

「ええ。セラフィーナ……あの女狐《めぎつね》が、あなたとディアナさまの出生の秘密を楯に、我々を脅しにかかったので」

「セラフィーナ従姉《ねえ》さまが？」

「王位継承をめぐる争いから退かなければ、この城の生き証人を拷問にかけてでも、すべてを暴露させるというのですよ」

アレクシアは呆然とする。

セラフィーナはきっとこの城で、ふたりの秘密を知ったのだ。

しかしなぜそこまで苛烈《かれつ》な行動に。かつての彼女と、十年の間隙《かんげき》を経て突きつけられた現実とのあまりの隔たりに、言葉がみつからない。

アレクシアは寄る辺ない子どものような心地になりながら、

「けれど、だがまともな諸侯なら継承法を重んじて、エリアスを次なる王に推すはずだ。じきにあの子が病床から快復さえすれば——」

「快復はなさらないのですよ」

「……え?」

「もう手遅れなのです。あの女はそれを知っていた。だからいずれ我々とウィラード殿下の一対一の戦いになることを見越して動いたのです」

アレクシアは目をまたたかせる。

「嘘《うそ》だ」

「嘘ではありませんよ。エリアス殿下に毒を盛ったのはウィラード殿下です。ですから彼の駒《こま》である彼女も、それがいかほどの作用であるかを熟知していたのですよ」

「嘘を吐くな」

アレクシアは叫んだ。

「そのような嘘で、わたしを謀《たばか》ろうとしても無駄だ」

「謀ってなどおりません」

「わたしは信じない。おまえの妄言など信じるものか！」

身を裂くような悲鳴が、脳裡《のうり》に鳴り響いて、もはや誰の声も届かない。

気がつけば、アレクシアはガイウスにだきとめられながら泣いていた。

信じはしないと訴えていても、それが逃れられない現実なのだと、心のどこかで悟っていたのだ。

4

捕らえた私兵は、ひとまとめに地下牢に押しこめられた。

すでにお役御免《ごめん》となって久しい牢は、普段は茸《きのこ》栽培などの地下蔵として活用されているらしい。

「毒はじきに抜けるでしょうが、茸の悪夢にうなされるかもしれませんわね」

着替えを終えたアレクシアがひと息ついていると、カティア媼が報告にやってきた。

媼がそんなふうに茶化せるのも、双方に深刻な犠牲を生まずにすんだためだろう。

一世一代の危機を乗りきった小夜啼城には、いつにない高揚感が漂っている。

今宵はみな興奮で、なかなか寝静まらないに違いない。

もちろんアレクシアも上首尾には安堵していたが、心から祝杯をあげる気分にはなれなかった。そんな日は、もう二度とおとずれない気すらした。

それでもなんとか気力をふり絞るようにたずねる。

「タウンゼント秘書官の様子はいかがですか?」

「できるかぎりの治療はいたしました。骨は無事ですので、いずれは不自由なく動かせるようになるのではないかと」

「そうですか」

アレクシアは胸に溜めこんでいた息を吐きだした。

危うく命を奪われかけたとはいえ、タウンゼントがひどい苦しみを味わうことを望みはしなかった。ディアナをさしおき、ひとりだけ正統な王女の顔をして生きてきたアレクシアを葬《ほうむ》り去りたいだけの理由が、グレンスターにはあるからだ。

「彼と話はできましょうか?」

「おそらくは。ですが痛みどめとして鎮静作用の強い薬湯をお飲みいただいたので、明《めい》瞭《りょう》な受け答えがどこまで保《も》つかは……」

「では手短にすませます」

酷だろうが、それだけはこちらも譲れなかった。

さっそくガイウスとともに、タウンゼントが担《かつ》ぎこまれた小部屋に案内してもらう。

すると意外にも、彼は寝台に腰かけて尋問のときを待っていた。包帯に縛《いまし》められたような上半身はひどく痛々しく、身を横たえることも辛いのかもしれない。

「見苦しいなりですが、ご容赦《ようしゃ》を」

「そなたの楽なようにするといい」

目礼をかえすタウンゼントは、あくまで神妙だ。慇懃《いんぎん》無礼《ぶれい》に徹する気力体力すら、すでにないだけかもしれないが。

アレクシアも努めて冷静であろうとしながら、本題をきりだす。

「あらためて訊《き》くが、セラフィーナ従姉さまがわたしたちの出生の真相をご存じで、それを切り札に王位継承争いから退くよう、ディアナにうながしたのは事実なのだな？」

「ええ。あなたの代わりに、ディアナさまが王女としてふるまっていることにも、すでに気がついておられました。なんでもアレクシア王女にはあるはずのない標《しるし》を、彼女の背に認めたとか」

アレクシアははっとする。

「肩甲骨《けんこうこつ》の黒子のことか……」

ひとめを忍んだやりとりについて、タウンゼントはかいつまんで説明してみせた。

「なるほど。そしてそなたはすぐさまグレンスター公に注進に走り、ディアナはこちらに警戒をうながしたのだな」

「しかしどのように？」

「そなたたちは小夜啼塔にいたのだろう?」

「……そうか。あの伝令鳩を」

タウンゼントは呆然とし、口惜しげに目を伏せた。

「やはりグレンスターの若さまが、手を貸したわけですね」

そのせいでアレクシアを殺しそこねた——とまではさすがに口にはしないが、それこそまごうかたなきタウンゼントの本音であろう。

「事態を傍観《ぼうかん》すれば、もはやディアナの信頼をつなぎとめられないと判断したのではないか? わたしがこの城をおとずれていることを、彼女は知っていたから」

「たしかにそれがあのかたの務めではありますが」

「務めだから、だけではないのではないか?」

「ならなお悪い」

タウンゼントは嘆かわしげに、左右に首をふった。

「しかしわかりませんね。ディアナさまがなぜそうもあなたを心にかけられるのか。たしかに子ども時代の邂逅が、たいそう印象に残っておいでのようでしたが」

ディアナがあの出会いを忘れずにいてくれたことは、ガイウスからも聞いていた。

しかしタウンゼントの口から、あたかもそれが愚《おろ》かなこだわりであるかのように語られるのは、我慢ならなかった。

ガイウスにすら告げず、畏《おそ》れと夢のないまぜになったようないわく言い難い感情とともに、幾度も反芻《はんすう》し、大切に心に納めてきた記憶なのに。

アレクシアはおのれの声が冷えるのを感じながら、

「それがわからぬなら、そなたたちはあの子を理解していないということだ」

「ではあなたはおわかりなのですか？　あなたがたの因縁《いんねん》を知った彼女が、なにを感じるか。あなたの生みの母親が、罪もない孤児もろとも——」

「そなたこそ！」

一瞬の動揺を糊塗《こと》するように、アレクシアは激しく糾弾《きゅうだん》する。

「いったいどの口でそれを語るつもりだ？　ディアナの心の拠《よ》りどころである《白鳥座》の者たちの命すら、無慈悲にも奪っておきながら！」

「必要な犠牲でした」

「ディアナはそうは考えない」

「若さまもそのように訴えておいででしたよ」

その甘さを蔑《さげす》むように、タウンゼントは口の端をゆがめる。

ガイウスが耐えかねたように口を挟んだ。

「姫さま。これ以上この無礼な男と口を利かれることはありません。必要なことはわたしが代わりに聞きだしておきますから」

「いや……いい。すぐにすませる」

アレクシアはけんめいに心をおちつかせる。

もとより利害の対立している者同士、感情にひきずられてはまともな話しあいなどできようもない。

「ともかくこちらの内情について、兄上はまだご存じないのだな」

「そのようです。あくまでいまのところはですが」

タウンゼントは淡々《たんたん》と、おのれの見解を述べる。

「真相をつまびらかにするとなれば、父君のケンリック公がメリルローズ王妃を寝取った過去についてもふれないわけにはまいりませんからね。セラフィーナさまとしても、できるかぎり秘しておきたいところでしょう」

「ケンリックの叔父《おじ》上が大逆罪で処刑されたのも、不義の報《むく》いを受けたと見做《みな》されることになるのか……」

兄王の疑心の犠牲になったという根強い噂《うわさ》も、これでくつがえされるわけだ。

「同情を集めるか、下世話な嘲笑《ちょうしょう》を買うか。いずれにしろうら若い女王には喜ばしくない汚点となりましょう。それがいずれウィラード殿下に対する弱みにもなる――とまで考えておられるかはわかりかねますが、自身の説得でアレクシア王女を王位争いから排除できれば、逆に彼女の株もあがります」

セラフィーナの行動から浮かびあがる目論見のなにもかもに、アレクシアはひどく打ちのめされる心地になる。

しかし現実から目をそむけるわけにはいかない。みずからの意志でセラフィーナが敵対することを選んだのなら、こちらも逃げてはいられない。

「ディアナが脅しに屈しないとしたら、あちらはどうでる？」

賢《さか》しげな狐のような顔つきで、タウンゼントはしばし考えこんだ。

「出生について秘したまま力ずくで排除するとなれば、エリアス殿下を弑《しい》しようとした廉《かど》で処刑するという手が順当でしょうね」

「そのような事実はないというのに？」

「濡《ぬ》れ衣《ぎぬ》などいくらでも着せられるでしょう」

肩をすくめるタウンゼントを、アレクシアは睨《ね》めつけた。

「そなたたちが、邪魔なガイウスをかたづけようとしたようにな。兄上をその気にさせ、彼を反逆者として投獄するべく暗躍したのは、そなただな？」

「言い逃れはいたしませんよ」

開きなおりともとれる口調に、ふたたび怒りがひらめく。しかしアレクシアはなんとかこらえて、

「……もはや一刻の猶予もならない。やはりすぐにも王都に戻らなければ」

「この者らはどうなさいます?」

ガイウスに問われ、アレクシアは算段を練る。

「ひとまずグレンスターの私兵はキャリントン家の預かりとし、タウンゼント秘書官にはわたしたちに同行してもらうというのは?」

「まさかこの男を連れて、グレンスター邸に出向くおつもりですか?」

ガイウスはとても是認《ぜにん》できないというまなざしで、

「これの命を楯に交渉を持ちかけても、なんの意味も成しませんよ」

「しかし伝手《つて》がなければ、話しあいの席につくことすらできない。この城に閉じこもっていても宮廷の状況はわからないし、送りこんだ私兵からの報告がないために、次なる手勢がさしむけられるかもしれない。わたしにはそれを阻止《そし》する責任がある」

するとタウンゼントがおもむろに提案した。

「では海路でラグレスをめざすというのはいかがです?」

アレクシアとガイウスはそろって目をみはる。

「ラグレスに?」

「グレンスターの本拠地にだと?」

「古来グレンスター家が、優秀な伝令鳩の飼育に長《た》けていることはご存じでしょう?」

そうほのめかされて、アレクシアは理解する。

「つまり独自の情報網で、王都のグレンスター邸とつながっているということか」

「鳩たちの訓練を兼ねて、日々の行き来を欠かすことはありませんので、宮廷内の動きもいち早くお知りになれるはずですよ。あちらは家令のメイナードが取りしきっておりますが、わたしがグレンスター公の名代《みょうだい》として同道すれば、問答無用で斬り捨てられることはありますまい」

タウンゼントはすらすらと語り、名案をひらめいたように続ける。

「いっそのこと、ディアナさまのふりをなさるという手もありますね」

「わたしが、あの子を演じるというのか？」

「あなたがどちらなのか確信を持てないかぎり、万が一の可能性を考慮して、危害を加えることはできないはずです。違いますか？」

「…………」

たしかに的を射た理屈ではあるが。

予想外の切り札は、アレクシアに静かな衝撃をもたらしていた。

それは自分の――自分たちふたりの強みになりうるのだろうか。

「そなた……いったいなにを考えている？」

「いまこそグレンスターは、あなたを必要とするかもしれないということです」

「わたしを？」

当惑と警戒の交錯《こうさく》するアレクシアの視線を受けとめ、タウンゼントはおちついた声音で語りだした。

5

蒼ざめたグレンスター公が王女の居室にかけこんできたのは、ディアナとアシュレイが昼餉《ひるげ》を終えてまもなくのことだった。

ヴァーノン夫人も主《あるじ》の取り乱しように啞然《あぜん》としながら、

「どのような衣裳《いしょう》をお望みでございますか？」

食卓をかたづける手をとめてたずねる。

「公《おおやけ》の席にふさわしく、かつ華美になりすぎないものだ。銀灰《ぎんかい》……いや、藍《あい》がよかろう」

「かしこまりました。ただちに」

夫人はすぐさま長櫃《ながびつ》の衣裳を検《あらた》めにかかる。

ディアナはおもわず腰をあげ、

「これから誰かと会うんですか？」

「そうだ。よいか、おちついて聞け」

「早急に着替えの用意をせよ」

公はひどく余裕のないまなざしで告げた。

「おまえは議会に召喚された。これから午後一番で、エリアス殿下の謀殺《ぼうさつ》未遂に関与しているか否か、陳述を求められることになる」

「それってどういう……」

「疑いを晴らすには、グレンスターの反論では埒《らち》が明かない。内廷に隠れてばかりいないで、王女みずから身の証《あかし》をたてるべきとの声に押しきられたのだ」

「あたしは隠れてなんか」

しかしこの状況では、そう受け取られてもしかたがないのだ。姉弟の仲睦《むつ》まじさを知るのは、ほんの一部の貴族にすぎないのだから。

アシュレイも深刻な顔つきで立ちあがり、

「つまりいまこそが選択のときということですか。潔白を証明するために、王位争いから完全に退《ひ》けばよし。そうでなければ徹底的に追いつめると」

「ああ。王女を召喚する流れに議論を誘導したのが、まさしくセラフィーナ派の貴族たちであったからな。いずれウィラード殿下からの指示があることを、彼女も見越していたのだろう」

「でも！」

ディアナは喘ぐように訴える。

「ここでアレクシアが身を退いたら、まさにあちらの狙いどおりになりますよね。だってエリアス殿下はもう……」

その先を、ディアナは呑みこまずにいられない。

エリアスの死が近いことは、グレンスター父子《おやこ》にも報告済みだ。けれどいまからそれを前提として考えなければならないことそのものが、耐えがたいのだ。

それでも選ばなくてはならない。屈するのか、闘うのか。

「切り抜ける方法はあるんですか？」

「それはおまえ次第だ」

グレンスター公は苦渋の表情でディアナをみつめた。

「疑惑は事実無根であると聴衆に信じさせることができれば、むしろ形勢を逆転する活路にもなりえる。毅然《きぜん》と、あるいは涙ながらに無実を訴えて、諸侯らの心を動かせるかどうか。すべてはおまえの芝居の腕にかかっている」

「あたしの……」

「当然ながら、アレクシアではないことを疑われるのは論外だ。鋭い糾弾にさらされるかもしれないが、我々ができる掩護《えんご》にはかぎりがある。あくまでおまえの機転と挙措《きよそ》で、劣勢をくつがえさなければならない。――できるか？」

自信などあるはずがない。それでもディアナは導かれるように応《こた》えていた。アレクシアの名誉と権利を守るために。

「やります」

「そうか」

うなずいたものの、グレンスター公は不安げに黙りこむ。

無理もないことだろう。ディアナもいたたまれなくなり、

「あの、あたしに任せるのは不本意かもしれませんけど、精一杯がんばるので――」

とたんに我が身におきたことが信じられず、ディアナは息をとめていた。

にわかに腕をのばした公が、ディアナをおのれの胸にかきいだいたのだ。

その肩越しに目があったアシュレイも、驚きをあらわにしている。

「これほどに酷なことを、おまえに強いるつもりはなかった。だがなんとかここをしのぎきってほしい」

「は……はい」

「任せたぞ」

顔をそむけるように踵《きびす》をかえし、公はさっそく衣裳の選定にかかった。

取り残されたディアナは、突然の竜巻に見舞われたかのような余韻《よいん》をもてあます。

不安と激励と、そしてあたかも恋着に衝《つ》かれるような抱擁《ほうよう》を、これまでに一度なりとも受けたことがあっただろうかと。

「アレクシア王女殿下におたずねいたします」

査問役の宮廷貴族が、声高らかに戦いの始まりを告げる。

半月型の演台についたディアナは、まるで罪を裁かれる被告のようだ。

その左右から、谷のような階段状の議席に並ぶ諸侯が、加えて廻廊につめかけた聴講者も、固唾《かたず》を呑んでなりゆきを見守っている。

正面には空位の玉座が据《す》えられ、議席の最前列にはウィラードの姿もあった。

その一方でバクセンデイル侯が見当たらないのは、エリアスの容態について追及されるのを避けたいがためかもしれない。迫りくる死を認めがたく、誰より煩悶《はんもん》にさいなまれているようだと、ダルトン卿も語っていた。

アシュレイを従えたディアナが議場に足を踏みいれたとき、その清冽《せいれつ》な装いに魅せられてか、息を呑むようなどよめきがあがった。

しかし好意的なまなざしばかりではない。

疑惑や好奇、なかには嘲笑や劣情が見え隠れするような視線すらある。

ディアナとて舞台で鍛えられていなければ、まともに顔をあげることすらできなかっただろう。相手には揺るぎない地位があるだけに、威圧感も尋常ではない。

ここにいるのがアレクシアでなくてよかった。こんな視線を一身に浴びるのが、あの子でなくて本当によかった。

「おそれながら殿下には、反逆罪の疑いがかけられておりますことを、ご存じでおいででしょうか?」

そう問いかけた査問役に、ディアナはおちついたまなざしを向ける。

「その罪状は?」

「戴冠の儀に臨《のぞ》まれるエリアス王太子殿下を、謀殺せしめんとした罪にございます」

「宮中に流れる噂につきましては、叔父のグレンスター公から伝え聞いております」

「あくまで噂にすぎないとおおせになる?」

「まったく身におぼえのないことですので」

「しかしエリアス殿下が儚《はかな》くなられるか、あるいは廃太子の気運が強まれば、次なる王位継承権をお持ちの王女殿下にとって、好都合な状況となるのではありませんか?」

「とんでもない邪推です。そのように王位を望んだことは、断じてありません」

「ではこれからも、女王として我が国を統治する意欲はないと?」

ディアナは一瞬、言葉につまる。

おそらく相手は、あえて意欲という表現を選んだ。

やる気のない女王に政《まつりごと》を任せることなどできない——そんな主張を議論に持ちこまれ

ては、いずれアレクシアの不利となる。

落とし穴はどこに待ち受けているかわからない。

ディアナはあらためて気をひきしめる。

「わたしは決して、愛する弟を陥《おとし》れたりはいたしません。そう申しあげたまでです」

「ではご姉弟に、玉座をめぐる確執はないということですね？」

「まったくありません」

「エリアス殿下のほうは、姉君の存在をどのように受けとめておいでですか」

「不出来な姉を慕ってくれているようです。齢の近い王族が、わたし以外になかったこともあるかもしれません」

「普段から親しく居室を行き来するような仲でいらした？」

「そうです。ローレンシア行きが延期となり、わたしが内廷で療養に努めていた時期は、エリアスが日をおかず見舞いにおとずれてくれました」

「ではその特別なお立場を利用して、弟君の油断を招くこともできたわけですね」

「油断を招くとは？」

「エリアス殿下が口にされるものにひそかに毒を忍ばせるのも、あなたなら可能なのではないかということです」

「――っ！」

ディアナは乱れた呼吸を必死で鎮《しず》めながら、

「エリアスが国王の居室に身を移してからは、そもそも頻繁《ひんぱん》に謁見にあずかることは叶わなくなりました。それに機会があるかどうかということなら、わたし以外にも条件にあてはまる者が大勢いたはずです」

「たとえば？」

「身のまわりの世話をする者などです」

「そば仕えの侍従ということになりますか」

なりますかもなにも、首を吊られた侍従の私室から毒が発見されたのは、すでに周知の事実である。勿体《もったい》をつけたくちぶりに、いらだちをかきたてられる。これもあちらの手の内なのか。

「王女殿下は彼らとも面識がおありですか？」

「数人の顔を見知っているという程度ですが」

「先日そのひとりが、変わり果てた姿で発見されたことは？」

「存じております」

「生前の彼と個人的な交流は？」

「ありません」

「彼の死をどのようにお感じになられましたか？」

ディアナは神妙に目を伏せた。

「痛ましいことです」

「なぜでしょうか」

「え？」

「その者は、こたびの毒殺未遂の実行犯と目されております。あなたにとっては、愛《いと》しい弟君の命を奪おうとした相手です。なにをおいても憎しみをおぼえるのが、当然のことではありませんか？」

「それはもちろんです」

ディアナはすかさず弁解する。

「けれど彼については、口封じのために殺されたのではないかという見解を耳にいたしました。若さゆえか道を誤り、首謀者に切り捨てられるかたちで命を散らしたことは、憐《あわ》れに感じずにはいられません」

「ずいぶんと同情を寄せておいでのようですね」

揶揄《やゆ》するかのごとき声色《こわいろ》に、神経を逆なでされる。

なんとかこらえるディアナに対し、相手は余裕の笑みを深めた。

「しかし彼を故殺とする証拠はないのではありませんか？」

「みずから命を絶った証拠もまたないとうかがいました」

「それだけで裏に首謀者が控えているとの確信を？」

「状況から考えるに妥当といえるのでは？」

「では首謀者とは？」

「わかりません」

ディアナは反射的に断じた。ここでウィラードを名指ししては、おそらく取りかえしのつかないことになる。

「確信がありながら、おわかりにならないとおっしゃる」

「手がかりがないのですから、無数の可能性を論じることに意味はありません。わたしはただ――」

ディアナはあえて言葉をきり、ゆるりと視線をあげた。

芋《いも》かなにかを相手にするつもりで演じろと、緊張した役者にかける助言がある。

しかし観客を味方につけるには、それでは足りない。息を吸い、沈黙に惹きつけ、吐きだす声の勢いに乗せて、魂《たましい》を翻弄《ほんろう》する激流をつくるのだ。

「みなさまに申しあげたいのは、わたしはガーランドの王女として、祖国に人生を捧《ささ》げた身であるということです。ローレンシアに嫁ぎ、いずれはエリアスの治めるガーランドのために力を尽くすことを、このうえない誇りと感じておりました」

緩急《かんきゅう》をつけた視線の動きで、ひとりひとりを蜘蛛《くも》の糸のようにからめとる。

「そのわたしが愛するエリアスを害し、いたずらに内乱の危機を招くようなことを望むでしょうか?」

あなたがたにではない、あなたにこそ届ける言葉なのだと訴えるまなざし。

「亡き国王陛下は、ご遺言でエリアスを次なる王に指名なさいました。継承法に則《のっと》る陛下のご決断を、わたしも支持いたします。しかしここに集われた諸侯のみなさまが、そのお知恵を惜しみなく戦わせ、異なる結論に達せられるのでしたら、わたしは喜んで従う所存です。わたしも――あなたも、ガーランドの安泰を心より願っておられるものと、信じております から」

手応えは感じた。

よどんだ暗がりに月光の矢を放つように、王女の澄んだ真心を印象づけることができたはずだ。

静けさのなか、みずからの鼓動《こどう》の音だけがうるさく耳に打ちつけている。

ディアナの視線は議場をひとめぐりし、ふたたび査問役までたどりつく。

すると彼はウィラードをうかがい、ひそかに目配せをかわしていた。ここは分が悪いとみて、追及の手をゆるめるだろうか。

しかし査問役はあらためてディアナに向きなおり、

「つまり王女殿下におかれましては、女王として我らがガーランドに君臨《くんりん》されることにも抵抗はないと？」

君臨とはまたあざとい言葉を使う。

なんとしても動機の有無に焦点をあてて、印象を操作したいようだ。

「君臨とは大それたこと。わたしのような若輩者《じゃくはいもの》は、諸侯のみなさまにお支えいただいてこそ、治世を安定に導くことができるというものです」

「なるほど。そのいとも麗しいお姿で、高貴なる殿方をおのずと従わせるのが得策というわけですか」

「いまなんて？」

ディアナはわけがわからずに問いかえす。

「件《くだん》の侍従をあなたが手なずけ、そそのかし、意のままに操ったうえで、死に追いやったのではないかということですよ」

「無礼な発言は控えられよ」

すかさず進みでたアシュレイが、目許を紅潮させて言い放った。

「謂《いわ》れなき中傷で王女殿下を貶《おとし》めるとは、不敬罪に問われることを覚悟されてのおふるまいか！」

「根拠ならございますよ」

「……どういうことです？」

堂々とかえされて、アシュレイがめんくらう。

「まずは王女殿下にこちらの品をご覧いただきたく存じます」

査問役は議席の谷をつかつかとよこぎり、演台の足許までやってきた。折りたたまれた手巾《しゅきん》を懐から取りだし、わざとらしくもうやうやしく広げてみせる。

「どうぞお検めください」

身がまえつつ、手巾に目を落としたディアナは、たまらず息を呑む。

それがいけなかった。ディアナがひきよせた観客の心に、動揺もまた浸みこむかのように、不穏なざわめきの波が議席に満ちてゆく。

アシュレイにはその理由がわからず、なすすべもなくディアナを見守ることしかできずにいる。

「どうやら見憶えがおありのようだ」

査問役は勝ち誇ったように声を張りあげる。

「こちらは王女殿下の耳飾りに相違ございませんね」

そう――それは地下牢のガイウスに会うため、獄吏《ごくり》に便宜《べんぎ》をはかってもらうための対価として、あらかじめセラフィーナに預けた真珠の耳飾りだった。

おそらくセラフィーナはそれをひそかにすり替え、獄吏には自分が用意した品を手渡したのだろう。いざというときはディアナを嵌めるために利用しようと、あの時点で見越していたのかどうか。

当時のディアナは、愚かにも彼女の厚意にすがり、感謝すらしていた。そんな自分に対する嘲笑と失意の焰《ほのお》が、じりじりと身の裡《うち》を焼き焦がしていく。

「この一対の耳飾りは、死んだ侍従の上衣の隠しに縫いこまれておりました。かつて王女殿下が褒美《ほうび》としてお与えになったものを、大切に身につけていたのでしょうか」

「──っ！」

捏造《ねつぞう》だという叫びが喉許までこみあげる。

しかしいましがたのディアナの反応こそが、すべてを語ってしまっていた。

「さきほど王女殿下は証言されておいででしたね。件の若い侍従との、個人的なつきあいはなかったと」

「……そのとおりです」

「しかしあなたの高価な装身具を彼が所持しているとは、いったいどうした事情でしょうか。こうして耳飾りの左右がそろっている以上、あなたがどこぞで失くされたものを偶然にも拾得したという言い逃れは、通用いたしませんよ」

はなから言い逃れと決めつけられては、口をふさがれたも同然だ。もはやどれほど必死の釈明も、醜《みにく》い悪あがきの疑《か》いを免れないだろう。

「いずれにしろあなたは、彼の者とのつながりを秘匿《ひとく》なさろうとした。神聖な議会においいて偽証を試みるのは、罪に問われる行為であるとご承知でしたかな？」

ディアナはいっそ笑いだしたくなる。

とんだ茶番である。王女が演台にあがった時点で、この流れに持ちこむことは決まっていたのだ。セラフィーナが提供した物証で意表をつけば、こちらの偽証を強く印象づけられる。その理由はほのめかすまでもないということだ。

そのときついにウィラードが腰をあげた。

議席を離れ、一歩ずつ高らかに長靴《ちょうか》を鳴らしてこちらをめざす姿は、神々しいばかりに堂々としていた。

足をとめたウィラードは、底の知れぬ灰緑の瞳でディアナをみつめる。

「アレクシア。残念だがわたしは王族として、おまえの投獄を命じなければならない」

「ウィラード殿下。すべては濡れ衣にすぎません。せめて謹慎にお考えなおしを！」

アシュレイが必死で訴えるも、ウィラードは一瞥《いちべつ》したきりで背を向ける。

「安心しろ。最期は苦しまぬようにしてやる」

ふたりだけに届くささやきを残し、ウィラードは立ち去った。

諸侯が騒然とするなか、ばらばらと衛兵がかけつけてくる。

ディアナは我にかえり、恐怖に身をすくめた。

「アシュレ……」

「彼女にふれるな！」

アシュレイは剣を抜こうとするも、すかさず衛兵たちに取り押さえられた。乱暴に腕をねじりあげられ、足を払うように跪《ひざまず》かされる。その一部始終を、ディアナは凍りついたように凝視していることしかできなかった。

これが負けるということなのか。

ディアナはようやく悟る。

セラフィーナはきっとこれを望んでいた。

かつて幼い彼女も味わったであろうこの絶望の光景を、ディアナのまなうらにも焼印のごとく刻みつけようとしたのだ。

6

「あの光はフォートマスの港だろうか」

アレクシアは白い息を弾ませ、舷縁《げんえん》に身を乗りだした。

隣に並んだガイウスも、宵の陸影に目を凝らしてうなずく。

「そのようですね。このまま天候に恵まれれば、明後日の朝にはラグレスに入港できるでしょう」

「《メルヴィル商会》の快速艇《てい》は優秀だな」

「どうやら横帆《おうはん》の形状に、独自の工夫があるようです」

アレクシアにガイウス、そしてグレンスター公の秘書官タウンゼントは小夜啼城に別れを告げ、海路で南岸沿いにラグレスをめざしていた。

ここでも商会の通行証が役にたち、出航を控えた快速艇に、優先して乗りこむことができた。自力で歩くのもやっとのタウンゼントには酷な強行軍だが、小夜啼城で持たされた鎮痛薬で、なんとかしのいでもらうしかない。

「こんなときでなければ、フォートマスにも寄りたいのだが」

「本気ですか？　姫さまがかどわかされた、あのフォートマスですよ？」

ガイウスはいかにも信じがたいというまなざしだ。

「しかしあの《黒百合《くろゆり》の館》で、わたしが得がたい体験をしたことも事実だからな。かけがえのない女友だちもできたことだし」

「女友だちですか」

「おまえはどうがんばっても、わたしの女友だちにはなれないだろう？」

「……なれませんね」

妙に無念そうなのがおかしい。

「姫さまと協力して逃げのびたその娘たちは、いまはアーデンの町にいるのでしたね」

「うん。カーラの伯母《おば》夫妻が織物商を営んでいて、マディとシャノンも住みこみで働いているはずだ」

それになにくれと面倒を看《み》てくれた売れっ妓《こ》のリリアーヌや、あの過酷な世界で生きる覚悟を決めていたエスタのことも、胸が締めつけられるほどに懐かしい。ほんのつかのまの邂逅にもかかわらず、彼女たちはたしかに自分の人生の一部なのだ。

宵の空をほのかに照らす灯りの群れをみつめながら、アレクシアはささやく。

「君主として国を統治するのがどういうことなのか、わたしにはよくわからない。しかし彼女たちひとりひとりが安心して暮らせるよう政を導くためであれば、道を過《あやま》たずにいられるような気もする」

かみしめるような沈黙を挟み、ガイウスはおだやかにたずねる。

「女王としてどうあるべきか、お考えなのですね」

「それを望んできたわけではないが……」

エリアスの死を前提とした玉座など欲しくはない。それは本心だ。

だがディアナとめぐりあったあの冬から、ずっと考えてはいたのだ。庇護《ひご》者をなくした子どもや、老いて我が身を養えなくなった者が、道端で襤褸《ぼろ》切れのように死なずにすむにはどうしたらよいのかと。

そして自分には所詮どうにもできないことなのだと、思いをめぐらせるたびに胸の底に封じてきた。

「わたしは視野が狭いのだろうか」

「下手に広いと、他国の領土を侵略することに熱心な、傍《はた》迷惑な君主となるかもしれませんよ」

ガイウスが軽口めかす。

「たしかにありそうなことだな」

アレクシアは眉をひそめながらも苦笑する。

するとふいにガイウスが顔つきをあらためた。

「しかし人の一生を軸としてお考えになるとは、すでに充分な視野をお持ちではありませんか？　この世に生まれ落ちることも去ることも、他者の支えなしにはまともに成し遂げられない無力な存在が、人というものですから。にもかかわらず多くの者は賢しらに、誰の手も借りずに育ったような顔をし、老いや死とも無縁であるかのようにふるまいがちです。それは自分の無力を認めがたく、恐れているのと同じことです」

だからアレクシアには正しい勇気があるのだと、暗に励ましてみせる。

滔々《とうとう》と語り終えたガイウスを、アレクシアは面映《おもは》ゆい気分でみつめた。

「あいかわらずじじむさいのだな、おまえは」

「おそれいります」

ガイウスがすまして応じる。

アレクシアは声をたてて笑った。

「そういうおまえの視野は、存外に狭そうだ」

「さようにお感じになりますか？」

「そうとも。おまえの視線は、いつもわたしを追いかけてばかりではないか」

「それは反論できませんね」

あっさり納得され、たじろいだのはアレクシアのほうである。

「……わたしは上手《うま》いきりかえしを期待したのだが」

「無骨者には難しい芸当ですので」

からかうつもりがからかわれているようで、アレクシアは気恥ずかしさをもてあます。

「さあ。もうすぐ夕餉の用意が整います。そろそろ船室に戻りましょう」

そううながされ、甲板《かんぱん》を歩きだしながらたずねる。

「タウンゼントは？」

「船酔いです」

「気の毒に」

「では部屋まで食事を届けてやりますか」

「それは嫌がらせだな」

「そうです」

ガイウスは悪びれもしない。

アレクシアはつと足をとめ、闇に沈みつつある沿岸をふりむいた。

あの町ではいまごろ、リリアーヌたちの仕事が始まろうとしているところだろうか。

「姫さま。すべてがかたづき、おちつきましたら、視察という名目のお忍びでアーデンやフォートマスの町をおとずれてはいかがですか？」

「おまえと？」

「当然です」

「女将《おかみ》が腰を抜かしそうだな」

アレクシアはかすかに口許をゆるめる。

その機会がどのようなかたちで実現するのか、いまは見当もつかない。それでもいつの日かきっと。

凪《なぎ》が去り、吹き始めた陸風に抗《あらが》うように、アレクシアは敢然《かんぜん》と顔をあげる。

7

投獄されて三度めの夕暮れがやってきた。

じきに獄吏と小間使いが、灯りと夕餉を運んでくるだろう。

それがさげられたら、あとは質素な寝台で眠るだけである。

「ガイウスの扱いに比べれば、これでも数段ましね」

じめついた冷気がこたえるが、手枷足枷《かせ》を嵌められることもなく、あくまで王族としての敬意を払われているのは幸いだった。

古く傷《いた》みはあるものの、卓や椅子《いす》などが備えつけられているのもありがたい。

ディアナは寝台の端に腰かけ、傷だらけの石壁のはるか高みに設《しつら》えられた、明かり取りの小窓をみつめる。

ゆがんだ硝子越しに射《さ》しこむほのかな陽の変化を追うことで、なんとか冷静さを保っていられる気がした。

いずれは自白を迫るための拷問が待っているのだろうか。

それともウィラードの慈悲により、速やかな処刑が宣告されるのだろうか。

なんとかして宮廷の動静をつかみたいところだが、出入りする者は口を利いてくれないし、グレンスターの者が面会におとずれることもない。いまや彼らも窮地《きゅうち》に陥《おちい》っているのかもしれない。

そのとき鎧板《よろいいた》の打たれた扉の向こうから、足音が近づいてきた。

ディアナは急いで衣裳の乱れをととのえる。ここにいるのは王女アレクシアだ。彼女の名誉のために、気品あるたたずまいを保たなければならない。

やがて耳ざわりな音をたてて施錠《せじょう》が解かれた。

かぼそい手燭《てしょく》の焔も、暗がりに慣れた瞳にはこたえる。

たまらず額に手をかざそうとして、ディアナは愕然《がくぜん》とした。

「セラフィーナ……さま」

「ごきげんよう、アレクシア王女殿下」

セラフィーナはすべるように歩を進める。獄吏はそれには続かず、扉は閉められた。

つまりこれは彼女の意向による、あくまで私的な面会なのだ。

「この疵《きず》……懐かしいこと」

卓の天板に、セラフィーナはしなやかな指先を走らせる。

「ご存じかしら。わたくしもかつて母とともに、この房に収獄されておりましたのよ」

「ご満足ですか？」

セラフィーナは手をとめ、ふりむいた。

「満足とは？」

「あなたの受けた屈辱《くつじょく》を、わたしにも味わわせようとされたのでは？」

「まさかそのようなこと」

「ごまかしはいりません」

ディアナは強いまなざしではねつける。

「わたしはじきにこの世を去る身なのですから」

セラフィーナは意外そうに目をみはり、そんな驚きをも楽しむように、柔和なほほえみを浮かべる。

「ずいぶんと潔《いさぎよ》くておいでなのね」

「泣いてひれ伏し、あなたの慈悲にすがれば、自由の身になれるのですか？」

「残念ながらそれは難しいことね。けれどわたくしは、あなたにより親しみを感じたかもしれないわ」

「親しみを？」

セラフィーナはうなずき、いたずらな笑みを深めた。

「わたくしあなたにとても興味がありますの。人知れず王女に成り代わり、それを宮廷の者たちにも信じさせているなんて。いくら容姿が似かよっていても、並みの芸当ではないでしょう？」

「……お会いしてすぐに、わたしの正体を疑われたのですか？」

「多少の違和感というほどのものなら。けれどわたくしはただ、記録が真実かどうか確かめてみたかっただけ。成り代わったのはいつなのかしら？」

「ご想像にお任せします」

「たいした度胸ね」

セラフィーナは卓にもたれ、くすくすと笑う。

「けれどあなたも災難だこと。人知れずアレクシアに成り代わるのに成功したら、今度はそのために処刑台に追いやられることになるとは。それともあの子の名と命を奪った報いを受けたのかしら？」

あなたはなにもわかってない。そう笑い飛ばしてやりたいところを、ディアナはなんとかこらえる。

「そんなことをわざわざ伝えにいらしたのですか」

「いいえ。あなたの後見の、グレンスター家の現況を、気にかけておいでかしらと」

ディアナはおもわず身を乗りだす。

「彼らはどうしていますか？　まさか──」

「グレンスター公もアシュレイも、投獄されてはいませんわ。ただし父子ともども自邸に軟禁ののち、追って沙汰《さた》することになるだろうと」

よかった。それならひとまずの猶予はあるわけだ。

「あの侍従とのつながりを決定づけるものが、あなたの耳飾りのみだったことから、かろうじて責任を免れているということのようね」

議会で真珠の耳飾りをさしだされたときの戦慄《せんりつ》がよみがえり、ディアナはたまらず身をこわばらせる。

「投獄された護衛官と会えるように取り計らってくださったのは、わたしの身のまわりの品を手にいれるためだったんですか？」

「そのためというわけではないわ」

セラフィーナはつとまなざしをあげ、無数の傷が走る石壁をみつめた。これまでに投獄された多くの者たちが、絶望と孤独にさいなまれながら刻みつけたものだろう。

「あれは……あなたがあのかたを信じていたから」

「信じて、裏切られることを望んでいらした」

「そうね」

セラフィーナはこくりとうなずく。そのさまは奇妙にうつろで、いとけない少女のようにも感じられた。

「では期待はずれに終わりましたね」

「それはどうかしら」

「え？」

目をまたたかせるディアナに、セラフィーナは嫣然《えんぜん》とほほえみかけた。

「誰もあなたを救いはしない。グレンスターも護衛官も、きっとあなたに背を向けて生き永らえることを選択するでしょう。それでもあなたは、あのときと変わらぬ心持ちでいられるものかしら」

「…………」

氷の毒花のような言葉のひとつひとつが、ディアナの身も心も凍《い》てつかせる。

セラフィーナは優雅に裾《すそ》をさばき、そんなディアナに背を向ける。

そしておもむろに足をとめてふりむくと、口調をあらためた。

「もうひとつ、あなたにお知らせすることがありました」

「……なんでしょうか」

こわばるくちびるで問いかえすと、

「エリアス殿下は今朝がた息をひきとられました」

「！」

息をとめたディアナに、セラフィーナはよどみなく告げる。

「ほどなく議会において、ご逝去《せいきょ》の布告がなされることになるでしょう。残る王位継承者はあなたとわたくし。もはや決議をとるまでもないかしら」

あなたの負けね——アレクシア王女殿下。

十年越しの帰還をはたした小夜啼鳥《セラフィーナ》は、さえずるようにディアナの死を宣告した。

8

アレクシアは海路でラグレスに向かっているらしい。

「ラグレスといえば、グレンスター公爵家の領地だよな？」

窓から王都の夜空をながめつつ、リーランドは首をひねる。

ガイウスがついているとはいえ、敵の本拠地になぜわざわざ？

ウォルデンの町から届いた書簡《しょかん》は、いくら読みかえしても不可解だった。

「あえて敵陣に飛びこむ意味があるか？」

「おれに訊かれてもわかんないよ」

食卓で足をぶらつかせているノアは、昨日から元気がない。アレクシア王女が、王宮の地下牢につながれているという噂が流れてきたからだ。

それが本当なら、いますぐにでもディアナを助けだしたいのに、なにもできない。そのもどかしさと不安は、リーランドにも痛いほどにわかる。

「とにかく姫さまたちを信じるしかない。あえてそうするからには、なにかしらの勝算があるんだろう」

「姫さまは迂闊だけど、馬鹿じゃないからな」

「そうとも」

リーランドは苦笑しつつ、

「おまえはそろそろ寝ろ。風邪ひくぞ」

窓を閉め、ノアを寝台にうながしていると、屋根裏部屋の扉が叩かれた。

妙に上品な鳴らしかたは、知人のものではなさそうだ。

「おまえはそっちに隠れてろ」

小声で指示し、リーランドは扉に相対する。

「……どちらさま？」

するとどこか歌うような、外国訛《なま》りの男の声が投げかえされた。

「きみがリーランドかな？　それともノアだろうか？　わたしはデュハースト氏からこちらの住《す》み処《か》を教えていただいたのだが、話ができるだろうか？」

「《アリンガム伯一座》の座長から？」

「ディアナというお嬢さんの遣いでね」

とたんにノアが走りでて、扉に飛びついた。

「ディアナの遣いってどういうことだ？　ディアナはいまどうしてるんだ？」

正体もわからぬまま矢継ぎ早に問いつめた相手は、洗練と稚気《ちき》が同居したような、奇妙に年齢不詳の男だった。

「これはこれは。ふたりそろって抜群の美男のお出迎えとは。新作の構想のために、ぜひとも素描のお相手を願いたいところだな」

これにはさすがのリーランドもたじろいで、

「……新手の口説き文句ですか？　おれにそちらの嗜《たしな》みはないんですが」

すると来客はいかにも愉快そうに、呵呵《かか》と笑った。

「これは失礼した。わたしは宮廷画家のカルヴィーノと申すもの。美しいものには生まれついて目のない性分でね」

「宮廷画家」

カルヴィーノ師はうなずいた。

「かねてより手がけていたアレクシア王女殿下の肖像画を、先日エリアス殿下にお納めしたご縁で、彼女ともね」

「つまりあなたは」

「おそれながら、彼女はわたしの描いたはずのアレクシア王女ではないと結論づけざるをえなかった。そういうことだな」

たしかに腕利きの画家の眼力なら、両者のわずかな差異をも、いち早く見抜けるものかもしれない。

その画家をディアナが遺いとして寄越したのなら――あるいはそれが虚偽にしろ、ディアナが偽の王女であると知る者を、このまま追いかえすことはできない。

リーランドは身を斜《はす》にし、カルヴィーノ師をうながした。

「どうぞ。もてなしはできませんが」

「なんの。こちらこそ夜分にすまない」

三人は食卓につき、リーランドが杯に葡萄酒《ぶどう》を満たす。

「これでも急いだのだが、めだたぬよう王宮を抜けだすのに苦労してね」

「いまはどういう状況なんです？」

カルヴィーノ師はひとくち葡萄酒を飲みくだすと、顔つきをあらためた。

「彼女はエリアス殿下を弑《しい》しようとした罪により、一昨日から投獄されている。そのエリアス殿下は、今日の明けがたに亡くなられた」

リーランドとノアはそろって息を呑む。あまりの展開にすぐには頭が追いつかない。

「しかし町の噂では、小康を保たれていると……」

「いや。もはやご快復は見込めず、あとは時間の問題であることを、後見のバクセンディル侯が秘していただけだ」

「そ、それじゃあ、ディアナはどうなっちゃうんだよ」

ノアが狼狽もあらわに声をふるわせる。

カルヴィーノ師は痛ましげに目を伏せた。

「彼女はすでに覚悟を決めていたようだ。そしてわたしに伝言を託した。アレクシア王女のために、力を尽くしてもらいたいと。そしてきみたちとすごした、楽しい日々に対する感謝を」

リーランドはたまらず乾いた笑いを洩らした。

「あいつがそんな殊勝なことを？　信じられませんね」

「遺言と受け取ってもらってかまわないそうだ」

「――っ！」

剣のような言葉に胸を抉《えぐ》られ、息をするのもままならない。

遺言なんて嘘だ。ディアナはもっと、生きることに執着していたはずだ。苦しみながらも飢えを満たすように、人生にしがみつこうとするはずだ。

「それできみたちはどうする？」

そう問われ、リーランドはゆらりと視線をあげた。

「どうするって……姫さまのためにですか？」

「アレクシア王女殿下をお助けすることが、身代わり役として宮廷に留まる彼女のためになるのではないかな？」

たしかにそうかもしれない。いずれにしろこのままなにもしなければ、待ち受けるのはディアナの死とウィラードの天下だ。

「ですがあなたの動機は？　宮廷画家の地位を維持するために、姫さまの口添えを必要とされているとか？」

その程度の理由なら信用しきれない。

疑わしげなリーランドに、カルヴィーノ師は苦笑をかえす。

「わたしの望みは、ガーランドとローレンシアの友好が続くことさ」

「ではあなたの生まれ故郷は――」

「いや。ローレンシアではないよ。ヴァザーリのほうだ」

「……たしかにそれは死活問題ですね」

「小国の哀《かな》しき宿命というやつだな」

そういうことなら、手を組むに値する相手かもしれない。

納得するリーランドの袖《そで》を、ノアが不安げにつかむ。

「でもおれたちになにができるんだ？　ディアナを王都に残して、おれたちもラグレスに向かうのか？」

「ラグレス？　ではアレクシア王女殿下は、いまは叔父君の城にかくまわれているのですか？」

「それは……」

リーランドはくちごもる。かくまわれているわけではなく、むしろ追われているのだという裏事情を明かすのは、さすがにためらわれる。

「おれたちはあくまでディアナの協力者なので、あちらがわの動きは詳しく把握していないんです。ただ遠方に身を隠していた姫さまから、ラグレスに向かうという便りが届いたばかりなのは事実です」

「なるほど」

顎《あご》に手をあて、カルヴィーノ師は考えこむ。

「すると王都の情勢をふまえて、行動にでられたということか……。ラグレスにおいでの王女殿下と、きみたちが連絡をとる方法は？」

「ないこともないです」

次なる返信は《メルヴィル商会》のラグレス支店留めでよろしくと、末尾に書き添えてあった。

「ふむ。ならばこちらはこちらで、王都の風向きを変えるとしよう」

カルヴィーノ師は両手を組みあわせ、卓に身を乗りだした。

「エリアス殿下の死が布告されれば、アレクシア王女殿下の王位継承はもはや絶望的だ。それをくつがえすには、民意の勢いで議会を動かすしかない。かつて理不尽な増税に反発した市民が、議事堂に殴りこみをかけて法案が撤回された事例もあるだろう？」

「しかしどうやって民心を逆転させるんです？　うら若き王女が清純な色香で初心《うぶ》な侍従

を誑《たら》しこんだとかなんとか、すでに下衆《げす》な噂で王都は持ちきりですよ」

「噂には噂で対抗する」

「つまり？」

「きみたちの生業《なりわい》は舞台役者だそうだね。しかもデュハースト氏によれば、王都ではまだあまり顔が知られていないとか」

「上京してきたばかりですからね」

「それはなおさら好都合。酒場でも、旅籠《はたご》でも、芝居小屋の観客席でもいい。身分を問わず老若男女が集う場所で、噂をばら撒《ま》いてもらいたい。いかにも真実味あふれる、説得力に満ち満ちた語り口でね」

「どのような噂を？」

カルヴィーノ師は声をひそめた。

「ローレンシア行きの艦隊は、ウィラード殿下のさしがねで賊《ぞく》に襲撃された。エスタニアの貿易商が裏で協力している。殿下は妹君アレクシア王女のお命を、敵国に投げ与えようとしたのだと」

「エスタニア」

「ローレンシアの仇《かたき》にして、ラングランドの盟友だな」

カルヴィーノ師はまなざしに憂いをよぎらせながら、

「もちろん根も葉もないことではない。それについてはわたしが保証しよう」

「……やはりそういうことでしたか」

リーランドは深々と息をつく。

「きみはあまり驚いてはいないようだね」

「それなりに予想はついていましたから」

「ならば話は早いな」

リーランドは同意しかけたものの、躊躇《ちゅうちょ》をおぼえてその理由をさぐる。

「ですが……これでは兄妹《きょうだい》の双方を、反逆罪で告発しあうことになります。狙いどおりに噂が広まれば、もはや全面対決を避けられないのでは？」

それはすなわち、ガーランドが内乱に陥る危機をも意味する。

「しかし王女殿下は、すでに一騎打ちの覚悟を決めておいでではないだろうか」

静かながら確信を秘めたくちぶりに、リーランドはどきりとする。

「そのためにラグレスに向かわれたと？」

「おそらくは」

リーランドはようやく視界の霧が晴れた心地になる。

そうだ。いざとなればアレクシアは戦うことを恐れない。身代わりのディアナを見捨てることもない。なにしろ右も左もわからない市井で、娼館《しょうかん》から娘たちを救いだした勇敢《ゆうかん》な王女なのだから。

おぼろげながら、アレクシアの思惑がつかめてきた。

ならばこちらも全力で掩護するまでだ。

するとノアが喧嘩《けんか》腰に問いただした。

「それであんたはなにをしてくれるんだ？」

平然とあんた呼ばわりするとは、どうにも不信感を拭《ぬぐ》えずにいるようだ。見知らぬ男がディアナの秘密を握っていることそのものが、気にくわないのかもしれない。

そんな胸の裡を察してか、カルヴィーノ師はにこやかに説明した。

「わたしも上流の顧客相手に、きみたちと同様の噂を流すつもりでいるよ。諸侯の耳まで届くよう、それとなく不安をあおりながらね」

「顧客？」

「これでも大勢の紳士淑女《しんししゆくじょ》が、わたしの絵を求めて注文待ちをしていてね」

おかげで人脈は幅広く、それでいながら特定の派閥《はばつ》に属する身分でもないため、警戒されにくいのが利点なのだという。

「ふうん。でも姫さまやディアナにまで信頼されてたかどうかはわからないな。ぺらぺら口がまわる奴には、昔から碌《ろく》なのがいないんだ」

「それはおれのことだな」

リーランドはすかさずノアの頭を小突いてやる。

するとカルヴィーノ師が楽しげに笑いながら、

「ではひとつ証拠をお目にかけるとしよう」

懐から帳面と赤チョークを取りだし、破った紙になにかを描き始める。

ノアは反発しながらも気にはなるのだろう、ちらちらとそちらをうかがっていたが、急に中腰になった。

「あ。これってディアナだ！　そうだよな？」

「ええ。先日わたしに遺言を託されたときの彼女ですよ」

リーランドもたまらず身を乗りだし、とたんに目を奪われる。

真正面からこちらを射るひたむきな瞳に、かたくなながら紅潮した頬。そしてほころびかけのくちびる。

たしかに自分はこの顔を知っている――そう思う。舞台裏の暗がりで緊張に耐え、それから眦《まなじり》をあげて舞台に飛びだしていくときの、ディアナの表情だ。

続けてもう一枚、カルヴィーノ師があらたな素描を手がける。

それは向かいあう少年少女の横顔だった。目を伏せてほほえみ、ひそかな祈りを伝えるようにまろやかな額を寄せあっている。

「この子……エリアス王太子と姫さまか？」

「おや。すぐに見抜かれるとは、なかなか鋭い目をお持ちだ」

「だってこれはディアナじゃないし。それがわかるってことは、あんたの腕が抜群だってことだろ」

つんけんしながらも実力は認めているのが、律義なノアらしいところである。

それにディアナたちがこの画家を信頼していたことも、おのずと証明された。そうでなければ、ここまで無防備な表情をさらしてはいないだろう。

ノアはあらためてしみじみと、二枚の素描をながめた。

「でもおれ、こんな顔の姫さまは見たことないや。すごく優しそうだし、綺麗《きれい》だ。やっぱり王太子殿下は特別だったんだな」

その声音に少々のさみしさを嗅ぎとり、リーランドはあえて軽くきりかえした。

「おまえがすぐに兄貴面《づら》をするせいで、気が休まらないだけじゃないか?」

「だって姫さまは危なっかしいからさあ。おれが躾《しつ》けてやらないと、いくつ命があってもたりないぜ」

「堂々とそれを口にできるおまえが怖いよ」

ノアにとってのアレクシアは、姉のようなディアナをかさねる存在でありながら、目を離せない妹のようでもあるのかもしれない。

誰しもさまざまな顔を持ち、見る者の心持ちによってもその印象は変わる。

だからこそ肖像画の魅力は、画家がなにを受けとめ、どう伝えようとしたかにかかっているのだ。

リーランドはあらためて素描をみつめた。曇天《どんてん》の瞳が、ひらめきの興奮にじわりと塗り替えられていく。

「これは使えるかもしれないな……」

「使えるとは？」

「あなたの作戦にですよ」

怪訝そうなカルヴィーノ師に、リーランドは不敵に笑いかえす。

「姫さまの無実を知らしめるために、あなたの画才をお借りできますか？」

第15章

1

ラグレス城をおとずれるのは十年ぶりだ。

純白の岸壁にそびえる城塞は、恐ろしくも美しい。

グレンスターの紋章である、両翼を広げた鷲《わし》の姿そのものだ。

視《み》えざる猛禽《もうきん》の瞳に睥睨《へいげい》されているようで、アレクシアは身をふるわせた。

セルキスの背に同乗しているガイウスが、肩越しにたずねる。

「お寒いですか？」

「いまのは武者ぶるいだ」

「それは頼もしいことですね」

つとめて普段どおりにふるまうのは、高まる緊張の裏がえしでもある。

一行はすでに幾重もの城門を抜け、城館をめざしていた。タウンゼントのおかげで足どめはされずにすんだが、もはやひきかえすこともできない。

満身創痍《そうい》のタウンゼントは、自力で馬を操るのに精一杯のようだ。

そんな彼を一瞥《いちべつ》し、ガイウスがあらためて物騒な念を押す。

「妙な真似《まね》をしたら命はないからな」

「そうでなくとも、すでに死にそうですがね」

「死ぬのなら城の者に事情を説明してからにしろ」

そんな嫌みをかわしているうちに、城館までたどりつく。

堅牢《けんろう》な塔そのものの城館は、いかにも鉄壁の防御に秀でていそうだ。するとすでに監視塔からの連絡が届いていたのか、すぐに誰かがかけつけてきた。

老年にさしかかりつつある、きびきびとした身のこなしの男である。

「タウンゼントか。それにこちらは……」

しかしそれに続く言葉につかえ、男はくちごもった。喜色すら浮かべていた双眸《そうぼう》に困惑が、そして激しい狼狽《ろうばい》が広がりだす。

「ディアナさま……ではない？」

アレクシアはひらりと地におりたち、男に向きあった。

「髪も髭《ひげ》もずいぶんと白いものが増えたようだな、メイナード」

面識のある者に会ったら、どんな心持ちになるものかと、不安をいだいていた。しかしかつての親しみそのままに、かける言葉は自然と口からこぼれていた。

家令を務めるメイナードは、おののいたようにたずねる。

「……アレクシア王女殿下であらせられますか？」

「あいにくながらな」

ディアナのふりをするという提案にも心は動いた。だがここは正攻法で挑み、協力を取りつけたかった。

「しかしなぜ」

彼は混乱に声をうわずらせ、

「状況はすでにおわかりなのでは？」

「知っている。グレンスターがなぜディアナに執着しなければならないのか、その因縁《いんねん》についてもな。それをたどるために、小夜啼城《さよなきじょう》をたずねてきたばかりだ」

「それならなおさら、我々とは相容《あいい》れないことをご存じのはずです」

アレクシアの目的がわからない。これでは殺そうにも殺せない。

そんな心境が、気の毒なほどに伝わってくる。

するとタウンゼントが冷静に伝えた。

「その相容れない目的を、いまこそ等しくするときではないかと、王女殿下はお考えなのです。ですから仲介役としてわたしがお連れしました」

「ではこれはおまえの独断か」

非難の矛先《ほこさき》がタウンゼントに向かうのを感じ、アレクシアは続きをひきとる。

「ここなら安全で、王都の情報をいち早く入手することもできる。そのためにわたしが剣をちらつかせて、彼を従わせているだけだ。ガイウスの腕がたつことは、そなたも承知だろう」

タウンゼントの衰弱《すいじゃく》ぶりは、いかにもアレクシアの言葉を裏づけているように感じられるはずだ。

はたしてメイナードは、アレクシアに問いを投げかけた。

「ですが王都の状況を知ってどうなさいます？　グレンスターと王女殿下が目的を同じくするとは、いったいどういうことです？」

「わたしの目的はディアナを救いだすことだ」

「ディアナさまを」

とまどいをあらわにするメイナードに、アレクシアは強くうなずきかえす。

「宮廷ではわたしがエリアスを弑《しい》しようとしたと疑われている。セラフィーナ従姉《ねえ》さまはわたしたちの出生の秘密を楯《たて》にディアナを脅している。この先どう転んでも、ディアナが窮地《きゅうち》に陥《おちい》ることは目に見えている。じきにエリアスが――」

アレクシアは声をつまらせ、あらためて続きを喉《のど》から押しだした。

「エリアスが儚《はかな》くなれば、兄上はもはや容赦《ようしゃ》なさらない。ディアナを助け、セラフィーナ従姉さまの王位継承を回避するためには、その機を狙って動くしかない」

アレクシアの主張に、メイナードは無言で耳をかたむけていた。

広がり続ける沈黙がついに耐えがたくなったとき、

「して王女殿下はどうなさるおつもりです？」

ついにメイナードがたずねた。そのまなざしはいつしか、困惑から吟味《ぎんみ》するものに変化している。

アレクシアは眦《まなじり》をあげ、全霊をこめるように告げた。

「ここラグレスで即位宣言をし、グレンスターの兵を率いて王都にのぼる」

「なんと」

メイナードは呆然《ぼうぜん》と息を呑《の》み、

「ですが、それではディアナさまはどうなります」

もっともな懸念についてたずねる。

アレクシアはおちついた声で、幾度も反芻《はんすう》した可能性を説明する。

「どちらが本当の王女か、宮廷が混乱しているうちは手をだせないし、身代わりを早急に排除したところで意味はない。そう判断されることに賭《か》ける。いずれにしろ兄上の動きに先んじることがすべてだ」

メイナードはふたたび黙りこんだ。

この賭けにおいて、圧倒的に危険なのはディアナのほうだ。グレンスターが取りあうには値《あたい》しないと、メイナードが撥《は》ねつけるのも当然ではある。

だがメイナードは苦渋に満ちた表情で告げた。

「エリアス王太子殿下は昨日ご逝去《せいきょ》されました。ディアナさまはすでに投獄され、議会の決議次第でいつ処刑台にひきたてられてもおかしくはない状況です」

「……そうか」

アレクシアはたまらず目を閉じる。

そのときはすでにおとずれていたのだ。覚悟はできていたはずが、激しく鼓動《こどう》が乱れてアレクシアは息を喘《あえ》がせる。

それでもなんとか瞼《まぶた》を持ちあげ、真正面からメイナードを見据《みす》えた。

「もはや王都のグレンスター公に指示を仰いでいる猶予《ゆうよ》はない。しかしわたしはグレンスターにとって唯一の切り札となるはずだ」

アレクシアはメイナードに手をさしのべた。

「わたしの手を取るか、取らないか。どうする、メイナード？」

2

弔《とむら》いの鐘が王都の空に降りしきる。

墜落《ついらく》する小鳥の羽根が舞い散るように。

エリアスの死から丸二日。ついにその死が正式に布告されたのだ。

午後の議論は、残るふたりのどちらを君主として推挙するかに移るだろう。

セラフィーナは私室の窓から、議事堂の尖塔《せんとう》をひたとみつめた。

「わたくしにはウィラードさまがついている」

護符にくちづけるように、その名をくりかえす。

「ウィラードさまがわたくしを玉座に導いてくださる」

すでにアレクシアには圧倒的に不利な状況で、エリアスを推していた諸侯らがこちらにつけば、流れは決するはずだ。

ローレンシア王太子と婚約しているアレクシアの扱いは、慎重にするべきという意見もあるというが、肝心のローレンシア本国の意向は、艦《ふね》で半月の海路を往復しなければ届かない。一刻も早く次なる王を選定しなければならない状況において、それは致命的な遅れである。

「あなたの味方は誰も動きがとれないのよ」

名も知らぬわたくしの異母妹。

胸の裡《うち》でつぶやき、セラフィーナはあらためて戦慄《せんりつ》に似た感慨をおぼえる。

その娘の存在を知ったのは、ほんの偶然だった。

小夜啼城に幽閉され、ひたすら嘆く母をなだめるのに憂《う》いて、城をさまよっていたあるとき。留守にしていた城主の書斎にたどりついたセラフィーナは、いつしか誘われるように、小夜啼鳥にまつわる文書がしまわれているという櫃《ひつ》の鍵を捜していた。

秘された歴史の真実にふれることが、せめてもの気慰《きなぐさ》みになるのではないかと期待したのかもしれない。

そして皮肉にも、王女アレクシアの出生をめぐる秘密のすべてを知らしめられることになったのだ。

それは父ケンリック公の不義の証《あかし》であり、自分たち母子《おやこ》のいまの境遇が、その裏切りにこそ端を発していることの証でもあった。

その因果《いんが》を病臥《びょうが》の母に最期《さいご》まで打ち明けなかったのは、善意ゆえか悪意ゆえか、いまもセラフィーナには定かではない。当時の母に対する感情には、憐《あわ》れみと疎《うと》ましさが共存している。

絶望に満ち、その底で喘ぐことすら忘れた日々だった。

しかしいま――すべてはこうして玉座をつかむために必要な、長い長い試練だったのではないかとすら感じられる。

あのまま王弟の娘として成長していれば、ここまで王位継承にからむこともなく、すでにどこぞの名家へ縁付いていたはずだ。

女王として生まれ変わるために、王弟の娘としては葬《ほうむ》られた。

そうであれば、死を呼ぶ小夜啼鳥の翼もまた愛《いと》おしい。

奇《く》しくもその小夜啼城で産声《うぶごえ》をあげた異母妹は、いったいどのような人生を歩んできたのだろうか。

エルドレッド王の愛妾《あいしょう》リエヌに連れ去られたはずの彼女を、どのような経緯でグレンスター家が庇護《ひご》するようになったのかは知るべくもない。しかしあれだけ平然とアレクシアに成り代わるとは、あなどれない娘である。

だからこそ生かしておくわけにはいかない。

父を惑わせたメリルローズ妃の娘なら、なおさらだ。

「早ければ今日にも採決に至るかしら……」

さすがに平静ではいられず、セラフィーナは祈るように両手を組みあわせ、あてもなく室内を歩きまわる。

だが陽《ひ》がかたむき、町並みに灯火《とうか》が宿りだしても、朗報はもたらされなかった。

これまではあまり長びかせず、翌日に持ち越されていたが、それだけ議論が佳境ということだろうか。それとも──。

いっそ侍女に頼み、外廷まで様子をうかがってきてもらおうかと考えたとき、ようやく待ち人が姿をみせた。

「ウィラードさま」

たまらずかけよると、彼はその胸にセラフィーナをだきとめた。

たしかなぬくもりに安堵《あんど》するが、いざ至近から向かいあったウィラードの顔は、ひどく疲れきっているようだった。

セラフィーナはこくりと唾《つば》を呑みこむ。

「旗色が芳《かんば》しくないのですか？」

「あなたを煩《わずら》わせるほどのことでは……」

「どうぞ包み隠さずにお伝えくださいませ。わたくしたちは大切な同志であると、仰《おお》せになりましたでしょう？」

すかさずセラフィーナが訴えかけると、ウィラードは意表をつかれたようだった。

「そうでしたね。かけがえのない同志であり──」

目許《もと》をゆるめ、セラフィーナの手をとる。

「誰より愛しい女性でもある」

くちづけた指先を握りしめながら、ウィラードは打ち明けた。

「じつは一部の諸侯が議会に混乱をもたらしまして。どうやら王都に飛びかうさまざまな流言に、惑わされているようなのです」

「流言?」

「ひとつはわたしがエスタニアと通じて、アレクシアを亡き者にしようとしたというものです」

セラフィーナははっとする。

「それはお輿《こし》入れの……」

「随行《ずいこう》団が見舞われた夜襲をさしています。しかし致命的な証拠を突きつけられたわけではありません。反逆を疑われる手がかりは残さぬよう、こちらも用心をかさねていましたから」

「ではその噂《うわさ》というのは、いったいどこから?」

「証人が存在するのであれば、議会に召喚のうえでわたしを告発するはずです。おそらくはアレクシア派が意図的に流布させたものでしょう」

「それが偶然にも的を射ていたと?」

「あるいはかねてより、こちらの身辺をさぐる目的で接触していた者がいたか」

「どなたかお心当たりが?」

ウィラードは思案げにうなずいた。

「半年ばかりまえにグレンスター公の秘書官が、ぜひわたしのために働きたいとひそかに願いでてきました。グレンスターについていても先がないという動機は納得できるものでしたので、しばらく泳がせていましたが、艦隊ごとアレクシアを葬り去るという案をほのめかしたのは、その者でした。しかし結果としてアレクシアが難を逃れていることからして、やはり裏があったのかもしれません」

「なんてこと……」

セラフィーナは二重の驚きに見舞われる。

グレンスター公の腹心が、王女を抹殺《まっさつ》するための妙案を、あえて示唆《しさ》してみせたのだとしたら。その真の狙いはアレクシアを暗殺し、その混乱に乗じてもうひとりと入れ替えることだったのではないか。

もはやそうとしか考えられず、セラフィーナは内心で舌を巻く。なんという周到な計画であろう。しかし都合好《よ》く動かされたとみえるウィラードのほうもまた、決定的な弱みはつかませなかったのだ。

「いずれにしろ切り抜ける余地は充分にあります。アレクシア派が見境のない悪あがきに走らざるをえないのは、それだけあとがないことの証左ともいえますし」

「悪あがき」

「なにしろまたひとつの噂では、宮廷から姿を消したアレクシアが、すでにラグレス城で即位宣言を終えたとすらささやかれているのですからね」

ひと呼吸おいて、セラフィーナは目をみはる。

「ラグレス城というと」

「グレンスター家の本拠地ですね」

「その地でアレクシア……王女が？」

「あからさまな時間稼ぎです」

ウィラードは苦々しげに、敵の狙いを暴いてみせる。

「グレンスターと近隣領主の私兵を率い、王都に軍勢をさしむけるという脅しで、諸侯らに揺さぶりをかけようというのでしょう」

「ですが彼女は」

「もちろんあれは王宮の地下牢に収獄されていますし、グレンスター親子も自邸に軟禁の身です。なにもかもアレクシア派の荒唐無稽《こうとうむけい》な虚勢にすぎません」

「ええ……そうですわね」

うなずきつつも、セラフィーナは目を伏せて考えこむ。

ウィラードが看破《かんぱ》した意図に、疑いを挟む理由はないはずだ。しかし噂を鵜呑《うの》みにするなら、あたかも王女がふたり同時に存在するかのような状況が、奇妙にセラフィーナの胸を騒がせる。

「どうなさいました？」

そう声をかけられ、我にかえる。

くちごもるセラフィーナを、ウィラードは胸にだきよせた。

「そのように不安がられることはありません。馬鹿《ばか》げた噂などじきに霧散します。それにいざというときの強行手段も、かねてより準備しておりますから」

「なにかわたくしにも、お力になれることがありましょうか？」

「あなたはただ、ごゆるりとお待ちくださるだけでよいのです」

自信に満ちたささやきに、セラフィーナは微笑をかえした。

「待つことには慣れておりますわ」

「わたしもです」

ウィラードはセラフィーナの耳許にくちびるを寄せた。

「また夜にうかがいます。よろしいですか？」

セラフィーナは言葉にはせず、ウィラードの肩に額《ひたい》をもたせかけた。

3

ラグレス城の無骨な大広間にて、即位宣言はとどこおりなく終了した。

慌ただしく召集された近隣領主やその名代《みょうだい》と、グレンスター家の廷臣《ていしん》団に対し、みずからが継承法に基づく正統な王であることを主張し、ひとりずつ順に進みでる彼らから恭順の礼を受けた。

王都の動向が把握しきれない状況でありながら、すんなり賛同を得られたのは、さすがは有能なメイナードやタウンゼントによる、迅速《じんそく》な根まわしのおかげだろう。

しかしそのタウンゼントはというと、いかにも苦い顔である。

しかたなく御膳だてはしたものの、手の甲《こう》に恭《うやうや》しいくちづけを受ける王女が、ディアナではなくアレクシアなのが気にくわないのだろう。

そうと理解していながら、

「そのように不機嫌そうな顔をするな。姫さまが君主にふさわしい威厳で臣を魅了されたのも、おまえの尽力あってのことではないか」

あえてその皮肉を抉《えぐ》るガイウスもガイウスであれば、

「肩の傷が痛むだけですよ。どこかのどなたかのおかげでね」

間髪を容れずあてこするタウンゼントもタウンゼントである。

妙に息のあったふたりを従えながら、アレクシアはメリルローズ妃の娘時代の居室にたどりつく。かつてラグレス城に逗留《とうりゅう》した幼い時分には、母が寝泊まりするこの部屋をよくおとずれたものだった。

アレクシア王女の滞在にはふさわしい部屋だが、いまや懐かしさよりもいたたまれなさがまさる。

メリルローズ妃は、生《な》さぬ仲の娘を呪いながら世を去ったのだから。

そんな気分を払いのけるように、アレクシアはタウンゼントに向きなおった。

「ともかくも初手で躓《つまず》かずにすんだのは、そなたたちの働きのおかげだ。心から感謝している」

「それは痛みいりますね」

タウンゼントはそっけなく流すと、

「しかし勝負はまだまだこれからですよ。盟友それぞれの私兵が集結し、態勢がととのいしだい、王都に向かって進攻を開始します。それまでに急ぎ準備しなければならないことが、山とあるのですからね」

厳しい教師のような口調で告げる。

アレクシアは神妙にうなずいた。

「わたしにも手伝えることは？」

「あなたはよけいなことは考えず、この部屋でおとなしくなさっていてください。お命が惜しくば、そこの番犬によく見張らせておくのがよろしいかと。なにしろこのような非常時です。物資の出入りにまぎれて、ウィラード殿下の刺客が城内をうろついていないともかぎりませんからね」

「兄上の……」

どきりとするアレクシアの横で、ガイウスがまなざしを鋭くする。

「それよりもまずは、グレンスターの者の殺意にさらされそうだがな」

「だとしたらすでに王女殿下が即位宣言をすませたと、王都に散るグレンスターの者たちが率先して噂を広めるはずがないでしょう。たとえ公がそのおつもりでも、直接にこちらの意図をお伝えできるまでは、家令の権限でおとめします。しかしお疑いになりたいのであれば、ご自由にどうぞ」

タウンゼントは涼しい顔でうそぶく。どれだけ言葉で保証しようと、もはや完全な信用は得られないものと、開きなおっているようだ。

しかしふと考えこむ顔つきになり、

「ですがそうですね……ときに王女殿下は縫いものの心得がおありで？」

「刺繍《ししゅう》ならそれなりには」

「なおさら結構です。じつはこたびの決起にあたり、早急にアレクシア王女殿下の旗章《きしょう》を用意せねばならなくなりまして」

「わたしの名をかたどった印章を、旗に縫い取って掲げるということか」

「ええ。しかも領主それぞれの率いる軍勢が、王女殿下を擁立《ようりつ》していることが一目瞭然《いちもくりょうぜん》となるよう、できうるかぎり多くの旗手《きしゅ》まで行き渡らせる必要があります。急ごしらえでも房《ふさ》飾りをつけるなりして、旗章らしい体裁にするとなると、手はいくらあってもたりないとのことで」

「なるほど」

状況を理解するなり、アレクシアはタウンゼントの頼みを察した。

「印章であれば、空でも刺せるほどに慣れている。布さえ用意してもらえれば、すぐにも取りかかろう」

「助かります。ではのちほど図案を検《あらた》めていただいて……ああ、それに王都入城のための晴れ衣裳《いしょう》も誂《あつら》えなければなりませんね」

「これではだめなのか？」

即位宣言にあたり、アレクシアは奇襲の晩の衣裳を身につけていた。いざというときに必要かと、王都から念のためにたずさえてきた、あの真紅の衣裳である。

「とんでもない。たしかに洗練された意匠《いしょう》ではありますが、いかんせん絢爛豪華《けんらんごうか》な印象には乏《とぼ》しいうえに、なんだかよれよれしています」

タウンゼントは容赦なく却下する。そして腕を組むと、あらためてアレクシアの頭から爪先《つまさき》までをながめた。

「グレンスター御用達《ごようたし》の仕立屋を呼ぶまえに、方向性を定めなければなりませんね」

その不躾《ぶしつけ》さに耐えかねるように、ガイウスが眉をひそめる。

「姫さまはなにをお召しになってもお似あいだ」

「あなたの意見など訊《き》いておりませんよ」

「布地を瞳の色味にあわせてはどうだ？」

「緑ですか？　しかしそれでは沿道の市民にしか、意図が伝わらないでしょう」

「だが王家の血脈に受け継がれる特徴であることは、すでに広く知られている。おのずとそれを意識させることになるのでは？」

「ならばよりわかりやすい示唆を与えたほうが……」

侃々諤々《かんかんがくがく》のやりとりをまえに、アレクシアは所在なく天井を仰ぐ。

自分の衣裳というものには、子ども時代からさほどの興味も執着もなかった。

美しい布地は好きだが、いざそれを身にまとうとなると、身体《からだ》の線にぴたりと吸いつくような着心地に、むしろ心許なさを味わうことすらあった。一国の王女にふさわしい装いという、あまりにも立派な鋳型《いがた》に身がなじめばなじむほど、内なる自分が輪郭《りんかく》をなくして霧散してしまうような不安だ。

いまにしてみればあれは檻《おり》であり、鎧《よろい》でもあったのだ。

「ではローレンシアとの友好を印象づけるためにも、ここはやはり鮮やかな真紅のお召しものをということでよろしいですか？」

「あ……うん」

唐突に決断を求められ、アレクシアはあいまいにうなずきかえす。

するとタウンゼントは、気まずそうに視線をさまよわせた。

「もちろん殿下のご希望に副《そ》うようならですが」

当のアレクシアの意向をそっちのけに結論を押しつけるのは、さすがに失礼なのではと感じたらしい。

「姫さまのお召しになる衣裳なのですから、どのようなお望みでもどうぞ遠慮なくお伝えください」

ガイウスからもうながされ、アレクシアは考えこむ。

「特にこだわりがあるわけではないが……」

しかしこれから王都に向かうおのれの姿を想像し、ただひとつだけ身になじむと感じる装いならあった。

「黒……はどうだろうか」

「は？」

「なぜに黒を？」

目を丸くするふたりに、アレクシアはためらいがちに説明する。

「正直なところ、いまのわたしは華やかな装いで身を飾る気分にはなれない。それよりもエリアスの喪に服し、哀悼《あいとう》の念を市民とも共有できたら嬉《うれ》しい」

黙りこんだふたりは、ちらと視線をかわした。

やがてタウンゼントが口をきる。

「それは案外と」

「妙案かもしれないな」

「一種の賭けではありますが、これがエリアス殿下の弔い戦であるという大義を押しだすには、これ以上ないほどに有効な手といえますね」

タウンゼントは興奮ぎみに、幾度となくうなずいている。

意外にも受け容れられて、アレクシアはほっとする。

「ではあとはそなたたちの裁量に任せよう」

「うけたまわりました。しかしそうと決まれば、その御髪《おぐし》の短いことがなおさら惜しまれますね」

おもいがけない指摘に、アレクシアは首をかしげる。

「そうか？」

「漆黒《しっこく》の喪服にたなびく黄金の髪は、それだけでも非常に映《は》えるものでしょう。しかしその長さでは、まとめ髪とみせかけて紗《しゃ》に隠すしかありませんからね」

すかさずガイウスも同意する。

「たしかに惜しいな」

「いっそ鬘《かつら》の専門店で、添え髪を調達しますか」

「しかしめだたぬよう結びつけるにしても、姫さまの髪になじむほどの品が入荷することなど、めったにないのではないか？」

「それは否定できませんね」

乙女の髪をめぐり、男たちが熱心な意見をかわしている。

しばしその様子をながめ、アレクシアは告げた。

「わたしの髪ならあるが」

ふたりはそろってふりむいた。

「ある？　あるとはどういうことです？」

「ひょっとしてアーデンの町にですか？」

事情を察した様子のガイウスに、アレクシアはうなずいてみせる。

「馬車賃の代わりになればとわたしが切り落とした髪は、あれからカーラに預けたままになっている。リーランドの計らいで三人と再会したとき、できるかぎり売らずに保管しておくつもりだと話していた。わたしとしては、ぜひとも換金して役だててもらいたかったのだが」

「ではアーデンに遣いをやれば、姫さまの御髪の束をあらためて譲り受けることができるかもしれないのですね？」

「そのはずだ。ひとりはわたしの印章を刺した手巾《しゅきん》を持っているから、その点にふれればわたしの頼みであることもおのずと証明できるだろう」

あの手巾の意味を知るのは自分だけである。

そしてふいにアレクシアはひらめいた。

「タウンゼント。そなたわたしの旗章をそろえるために、手はいくらあってもたりないとこぼしていたな」

「さようですね」

「どうやら格好の人材を提供できそうだ」

困惑するタウンゼントに、アレクシアはいたずらめいた笑みをかえした。

4

リール河の北岸は、王都でも歴史ある界隈《かいわい》だ。

それゆえ古くからの同業者が街区ごとに集まり、それぞれ独特の活気に満ちている。

なかでも近年とりわけ活況を呈しているのが、書籍出版業である。印刷技術のめざましい進歩により、ますます発展を遂げることだろう。

しかしリーランドは、あえてこの界隈には近づかずにいた。

「もう十年以上か。さすがに懐かしくはあるな」

変わらない街並みにこみあげてくるものがないではないが、リーランドは感傷をふりきるように暗い街路を踏みしめた。ようやく杖なしで歩けるようになったが、まだまだ足許はおぼつかない。ウィラードの悪行を広めるために、すでにくたくたの身ではなおさらである。

目的の印刷所にたどりつき、裏口から顔をだすと、職人たちはあらかた仕事をあがっていた。ひとめにつきにくいよう、夕暮れどきを狙ったかいがあった。

ひとり残っていた植字工《しょくじ》に、リーランドは声をかける。

「すまないが、ここのご主人に取り次いでもらえないか？　急ぎの用があるんだ」

「旦那《だんな》なら、まだ二階の事務所においでのはずですがね。お名まえとご用件は？」

リーランドが躊躇《ちゅうちょ》したとき、植字工が顔をあげてこちらをふりむいた。

いかにも熟練という風情の相手には、どこか見憶《みおぼ》えがある。

それはどうやら、相手にとっても同様のようだった。

「あなた……まさか坊ちゃんですか？」

「え」

「やっぱりそうだ。リーランド坊ちゃんじゃないですか！　なんてこった。旦那に知らせたら、きっと腰を抜かしちまう」

植字工は活字を放りだし、あたふたと二階にかけあがっていく。

呆然と立ち尽くしたまま、リーランドは額に手をやった。

「まいったな……」

まさかほぼ一瞬で見抜かれるとは、運が良いのか悪いのか。あの植字工は、かつてここに出入りしていたリーランドを、とりわけかまってくれた職人のひとりだった。

ほどなく乱れた足音がばたばたと、上階からかけおりてくる。そして姿をみせた壮年の男は、並ぶ印刷機にすがるように近づいてきた。

「リーランド……本当にリーランドなのか？」

うわずる声で、おののいたように問う。

「お久しぶりです――父さん」

泣きだしそうな父の目許には皺《しわ》が刻まれ、榛《はしばみ》色の髪はかつてより灰がかっている。だいぶ老けたが、悪い齢《とし》の取りかたではない。そう感じられたことが嬉しかった。

「この馬鹿者が。急に姿を消しおって、どれだけ気を揉《も》んだことか」

「元気にしていると、何度かこちらに便りを寄越したでしょう」

「そんなものはいくらでも偽造できる」

「疑り深いですね」

たまらず苦笑するリーランドに、父は矢継ぎ早にたずねる。

「いつ王都に戻ってきた？　これからは王都で暮らすのか？　もし寝床に困っているようなら、いつでもうちに――」

「おかげさまで、食い詰めたあげくに頼りにきたわけじゃありませんよ。王都に滞在しているのは、役者として《アリンガム伯《はく》一座》の公演に参加するためです」

「それなら先日の御前公演にも？」

「新参なので端役でしたがね。さすがは耳が早い」

「当然だ。うちがどれだけの戯曲《ぎきょく》を出版してきたか、知っているだろう」

知っている。そしてアーデンの町まで流れてきた新刊本を入手しては、ときおり王都に想いを馳《は》せてもいた。

「坊ちゃんは昔から戯曲に夢中でしたからね。夢を叶えられたとは立派なものだ」

植字工は感極まったように鼻をすする。気持ちはわかるが、ここで懐かしさに浸るわけにはいかない。

リーランドは意を決し、本題をきりだした。

「ところで今日は父さんに頼みがあってきたんです」

「そうだろうな。おまえはいつもわたしを利用するのが上手《うま》かった」

「拗《す》ねないでください。じつは御前公演にたずさわるなかで、宮廷からひそかに託された情報がありまして。それをここで印刷して、王都中にばら撒《ま》けるようにしてもらいたいんです」

とたんに父は警戒をあらわにした。

「まさか王権がらみか？　情勢がおちつくまでは、めったな動きはできないぞ。下手をすればすべてを失うことになる」

「ではセラフィーナ派に固執しているというわけではないんですね？」

「かつてケンリック公にご贔屓《ひいき》いただいたからか？　あれは昔のことだ」

苦く吐きだし、父は黙りこむ。つきあいのあった王族が反逆罪で処刑されるのを、なすすべもなく見届けるしかなかったことは、リーランドにとってもたしかに衝撃的な記憶である。そしてその縁だけで、王位継承の支持を表明することもできないとなれば、もはや過去の交流そのものを封印したくなるのもわからないではない。

いざ説得にかかるべく、リーランドは一枚の絵を広げる。

「ともかくまずはこれをご覧ください」

「ほう……これはまたみごとな素描ではないか」

「当代の宮廷画家が描いた、デュランダル王家のご姉弟《きょうだい》です」

「生前のエリアス王太子殿下と、アレクシア王女殿下のお姿か」

愛らしく静謐《せいひつ》な姉弟のたたずまいに、父はすっかり目を奪われている。

カルヴィーノ師があの夜の走り描きをふくらませ、急ぎ完成させた一枚だ。

「……つまりこのご様子からして、王女殿下にかけられた謀殺の疑いは、やはり事実無根であると訴えたいわけか」

「話が早くて助かります」

「ウィラード殿下のほうが、艦隊の襲撃に関与しているという噂は？」

「そちらはほぼ裏が取れています」

「では王女殿下がラグレスで即位宣言されたというのは？　王宮の地下牢に囚《とら》われておいでなのではなかったのか？」

リーランドはたじろいだ。

予期したとおり、アレクシアが即位宣言を終えたことは、ラグレスから届いたばかりの便りでも告げられていた。続々と加勢の兵が集まりつつあることも、すでに確かな情報として南部の都市から伝えられてきている。

それでいながら、もうひとりの王女が地下牢にいることもまた事実なのだ。

「それについてはですね……」

「わかった。極秘なら無理に明かさなくてもいい」

父が勝手に納得してくれて、リーランドは胸をなでおろす。

そしてかたいまなざしで沈黙する父に、もうひと押しした。

「この絵の木版画と最低限の活字を一枚刷《ブロードサイド》りにして、できるだけ多くのランドール市民に届けたいんです」

「たしかに言葉よりも、画に訴えるほうが強いものだからな」

父はすでにカルヴィーノ師の絵に心を動かされ、経営者としてこの賭けに乗るべきかどうか考えだしているようだ。長らく書籍業にたずさわってきた父の、鑑識眼《かんしきがん》を信じたのは正解だった。

「まさか値はつけないつもりなのか」

「無料でなければ広まりませんから。王女殿下からはいずれ褒賞が与えられます」

そのはずだ――とリーランドは声なき声でつけたす。

「最高の彫師を用意してもらえますか？」

「なんとかしよう。期限は？」

「できるかぎり迅速に」

「わかった。しばらくは休みなしだな」

父は片頰《ほお》で笑うと、植字工になにやら指示して遣いに走らせる。

「いま彫師を呼びにやらせた。ちょうど近所に住んでいるんでね。それまでさっそく文面を練るとしようか。遅くなってもかまわないか？」

「そのつもりで来ましたから」

「そうか」

父はどこか嬉しそうに、リーランドを階段にうながす。

「しかしこれを機に、うちに戻る気はないのか」

「おれに戻る家があるとしたら、母と暮らしたあの狭い部屋だけですよ」

「リーランド」

傷ついたように足をとめる父に、リーランドも向きなおる。

「もちろん母が死んでからも、おれを養育してくれたことには感謝してます。ですが庶子《しょし》のおれは、本宅に居候《いそうろう》するべきではなかった。そうしなければ、誰も苦しみを味わわずにすんだはずですから」

「妻がおまえにしたことは……」

「たしかにひどい目には遭いました。ですが十かそこらになるまで存在すら知らなかったかわいげのない庶子に、自分の子らが無邪気に懐いているんだから、きっとたまらないですよ」

「おまえはかわいかったよ」

「顔がですか?」

リーランドが混ぜかえすと、父は律儀にうなずいた。

「まあ……顔もだ。それに利発で、うちの雇い人にも好かれていた」

「本が好きでしたからね」

「だからあれは怖かったのだよ。おまえが優秀すぎて、いずれ自分の子に与えられるべきものを、すべておまえに奪われてしまうのではないかとね。わたしもついつい、おまえの将来に期待をかけてしまいそうになるのが悪かった」

「だから王都を離れたんです。芝居《わざわ》ならどこでもできますしね」

いずれ取りかえしのつかない災いを呼ぶまえに。その種を芽吹かせるのに、自分もまた加担して悔やむまえに。

そのために自分は外の世界を選んだ。だからウィラードのように、道を踏みはずさずにすんだのだ。

「妻は病で亡くなったよ。もうじき二年になる」

「人伝《ひとづて》に知りました」

だから王都に顔をだす決心もついたのだ。

「遅くなりましたがお悔やみを。ですが墓参りは遠慮させてもらいますよ。彼女もきっと望まないでしょうからね」

殊勝に魂《たましい》の平安を祈るふりをするよりも、いまはなすべきことがある。

死者ではなく、生者の心を動かすのが、自分の選んだ生業《なりわい》なのだから。

5

ひと針ひと針、おのれの名を布に刺す営みは、どこか呪いに似ている。

心の輪郭を糸に絡めとり、締めつけるようにして、布に刻みこむのだ。

アレクシア——守護する者。

はたして自分はその名にふさわしい者になれるだろうか。

ともするとそんな不安にとらわれそうになりつつ、アレクシアは窓腰かけに金糸の束を山と積み、せっせと刺繡針を動かし続けた。

本隊の出立は、明後日の早朝に決定した。

それに先遣隊が先んじ、道すがらあらたな増援とも合流しながら、王都をめざして街道を北上することになる。

段取りをメイナードらと相談するために、ガイウスも忙しそうにしている。

陽がかたむき、やがてアレクシアの部屋に戻ってきたガイウスが報告した。

「父に宛《あ》てた書簡《しょかん》を、グレンスターの早馬に託してまいりました」

「王都のアンドルーズ邸にか？」

「はい。さっそくにも領地カールエルにて、出兵の準備にかかっていただきたいと。姫さまが現在どちらにおいでなのか、王都では情報が錯綜《さくそう》して身動きがとれずにいたはずですから、これで心おきなく忠誠を誓えるはずです」

「侯はわたしのために動いてくださるだろうか」

「当然です。わたしが王都を離れるときに、ウィラード殿下のなさることだけは信用してくれるなと、念を押してまいりましたし」

「……それは賢明だな」

アレクシアは神妙にうなずき、

「グレンスター家の策略で、おまえもわたしも命を奪われかけたことについては？」

「伝えていません。父は融通が利かず、頭に血がのぼりやすいので、たとえ一時的でも手を結ぶどころではなくなると危惧《きぐ》しまして」

「どこかで聞いたような人物評だな」

くすりと笑うアレクシアに、ガイウスは肩をすくめてみせた。

こちらに足を向け、艶《つや》やかな刺繍をまぶしげにながめながら、

「それはともかくとして、南のグレンスターと北のアンドルーズがそろえば、王都に至る南北の街道を押さえることができますから」

「なるほど。それは心強いな」

しかしガイウスの表情はどこか冴えない。

アレクシアは針を動かす手をとめ、

「なにか気がかりが？」

「あくまで予断にすぎませんが……」

壁に背を預けたガイウスが、ためらいがちに打ち明ける。

「諸侯の大半が、議会のために王都に滞在している状況が、こちらにとって致命的な弱みになりかねないのではないかと」

「どういうことだ？」

「つまり各地の名代が主君の意向に従おうにも、諸侯が人質に取られればもはやどうにもなりません。その気になりさえすれば宮廷は、諸侯の命を楯にどんな圧力もかけられるということです」

アレクシアはぞくりとする。自分にとっては、まさにディアナが宮廷の人質にとられて

いるも同然だった。もしも彼女を楯に認めがたい要求を突きつけられたら、自分は正しい道を選択することができるだろうか。

「ガイウス。おまえは兄上がいずれそのような、強硬手段に打ってでてもおかしくないと考えているのか？」

たずねる声に、知らず怯《おび》えがにじんでいたのだろうか。

ガイウスは慎重なまなざしでこちらをうかがい、

「もはや穏便に議会を従わせることができないとなれば、武力行使も辞さないおかたではありましょう」

「それでも決議がでてしまえば、わたしになすすべはないな」

「そのときは民を味方につければよいのです。密室での不透明な決議など、いざとなればいくらでもくつがえすことができます」

「口で言うほど簡単なことでは……」

「ですが姫さまは、すでに実践してのけたではありませんか。わたしを処刑から救い、民の喝采《かっさい》を受けられた」

アレクシアはうつむいた。

「……だが彼らはおまえの処刑を楽しんでいた。かつては英雄と讃《たた》えたおまえが首を刎《は》ねられるときを、いまかいまかと待ち受けていたのだ。そのような民の移ろいやすさを相手にどうしたらいいものか、わたしは怖くてならない」

　ガイウスはつと身をかがめ、アレクシアの顔をのぞきこむ。

「どうなさったのです。今日は妙に弱気ですね」

「すまない。こんな大切なときに」

「無理もありません。姫さまにとってはいわば初陣《ういじん》ですからね」

　アレクシアははたと顔をあげる。

「そうか……これは初陣なのか」

「そうですよ。初陣で何千もの兵を率いることになるなんて、並みの神経なら背を向けて逃げだしたくなるものです。そうなさらないだけでもご立派ですよ」

「まるでわたしがずぶとい神経の持ち主のようだな」

「それも王者に必要な条件なのでは？」

　アレクシアは苦笑いし、刺したばかりの糸目を指先でなぞった。

「いざというときに、民にどのような言葉を語りかけたらよいか、ずっと考えているのだが……練れば練るだけ、その言葉が自分から離れていくような心地になる」

「計算がまさることが、誠実ではないとお感じになるのですか？」

「どうだろう。ただ……わたしの言葉の裏にどれほどの迷いや恐れが隠れているか、誰も知らなければ、気がつくこともない、むしろそうさせなければならないのだろうと考えると、なんだかたまらなくなる」

「わたしは存じているつもりです」

アレクシアはかすかに笑んだ。

「そうだな。おまえだけだ」

「ですからわたしがおそばにおります。ずっとおそばに」

決意を秘めた声音《こわね》に、アレクシアははっとして目をあげる。

「でも」

ふるえるくちびるで、たどたどしく言葉をつなぐ。

「わたしはきっと、おまえになにも約束できない。つまり……もしもわたしが女王となれば、なにをおいてもガーランドのためになる選択をしなければならないから」

「かまいません。すでに姫さまのお心はいただいていますから」

アレクシアは目をみはり、そしてかみしめるようにうなずいた。

「そうだった。おまえはすでに、わたしの心を人質に取っていたのだな」

「心変わりなさったときには、すぐにも解放いたしますよ」

「心変わりなどするものか」

ガイウスが身を乗りだし、アレクシアの頬に手をふれさせる。

そのとき叩扉《こうひ》の音が、ふたりの動きをとめさせた。

どちらともなく、あいまいな苦笑を浮かべる。

「タウンゼントかな」

「無粋な男ですからね」

続きは諦《あきら》めて入室をうながすと、はたして顔をだしたのはタウンゼントである。

しかし用件は意外なものだった。

「王女殿下にお客人がおいでになりましたよ」

「わたしに？」

そして続いた者たちの姿を認めたとたん、アレクシアは歓声をあげた。

「シャノン！　それにカーラとマディも！」

刺しかけの旗章を放りだし、一目散にかけつける。

しかし腕をのばして手を取りあおうとするまぎわになって、相手の様子がおかしいことに気がついた。

「みんな？」

どういうわけか三人はおずおずと身を寄せあい、誰ひとりとしてアレクシアとまともに目をあわせようともしない。その理由を考え、アレクシアはたちまち血の気のひく心地になった。

「わ……わたしが一方的に呼びつけるようなまねをして、気分を害しただろうか。だとしたらすまない。そなたたちと会うための口実をみつけて、ひとりで舞いあがってしまったんだ。迷惑だったのなら心から――」

「待って！　待ってください！」

うろたえながらとめ、あたふたと言葉遣いをあらためたのは、シャノンだった。懐かしい栗《くり》色の瞳を、不安げにうるませながら、

「あたしたち、迷惑だなんてとんでもない。みんなあなたに会いたくて、大喜びしながらアーデンをでたんです。でも、でも」

喘ぐように息を継ぐシャノンに、黒髪のカーラが続けた。

「でもいざラグレス港についたら、お城にはアレクシア王女殿下が待っていて、それ以外のアレクシアなんていないっていうから」

「うん」

「それで、だからどんな気持ちで会えばいいのか、急にわからなくなって」

いつもきりりと冷静なカーラが、ひどくおどおどしている。

すると小柄なマディも、金の巻き毛をふり乱すように訴えた。

「だってあたしたち、手ひどく騙《だま》された気がしたんです。どこかのご領主の、変わり者のお嬢さまくらいならともかく、相手がガーランドの王女さまだなんて、どだいあたしたちが友だちになれるわけないんですから」

「騙したわけでは……」

しかし真の素姓《すじょう》を告げなかったという意味では、やはり騙したことになるのか。それに王女であるとわかれば、もはや対等な友だちにはなれないだろうという考えは、たしかにあったはずだ。

アレクシアは悄然《しょうぜん》とうなだれた。

「で……ではわたしがそなたたちの戦友として認められた名誉も、返上しなければならないのだろうか？」

三人ははっとし、おろおろするように視線をかわしあう。

するとガイウスがおもむろに、アレクシアの隣に並んだ。

「おそれながらこちらの姫さまには、心を許せるような女友だちが、宮廷においでになりません」

「ガ、ガイウス？」

ぎょっとするアレクシアをよそに、ガイウスはつらつらと続ける。

「誰もがいまのあなたがたのように遠慮をして、距離をおいて、姫さまのお心をまっすぐに受けとめようとなさらないからです。ですからどうか身分の壁にはとらわれず、生身の姫さまとおつきあいいただけますように。いささか常識から逸脱しておいでの点については、笑ってお許しいただければ」

過保護な乳母《うば》のような物言いに、アレクシアは頬を赤くする。

「待て。それではわたしがまるで常識をわきまえず、友のひとりもいない娘のようではないか」

「おおむね的を射ているのでは？」

「そんなことはない！」

遠慮のないやりとりを、三人はしばしぽかんとみつめる。

やがてカーラがくすりと笑い、マディが噴きだし、シャノンが口許を押さえた。

「王女さまって意外に子どもっぽいみたい」

からかうカーラに、マディも続ける。

「なあんだ。いつものアレクシアじゃない」

「アレクシアがかわいいのは、どこにいても変わらないのね」

シャノンもようやく頬にかたえくぼを浮かべた。

「かわいい。わたしが？」

アレクシアはとまどい、おもわずガイウスをうかがうと、護衛官はまじめくさって同意した。

「姫さまがおかわいらしくなかったことなどありませんよ」

「きゃああ」

たちまち娘たちから悲鳴があがり、タウンゼントはもはやついていけないというように首をふる。

「ではわたしはこれで。菓子でも用意させましょう」

「どうぞごゆるりとおくつろぎください」

気を利かせたガイウスも去り、四人はあらためて向かいあう。

今度はおたがいに、すっかり肩の力が抜けた表情だ。

「突然の依頼なのに、みんな本当によく来てくれた」

「一番驚いてたのは、うちの伯母《おば》さんたちよ。だっていきなり立派な使者が店に押しかけてきて、あたしたちをフォートマスの港まで連れていきたいっていうんだもの。伯父《おじ》さんなんか、娼館《しょうかん》の奴らがあたしたちを奪いかえしにきたんじゃないかって、いつでも撃退できるように裁ちばさみを握りしめてたんだから」

「それはすまないことをしてしまった」

「でもその使者がうやうやしく手巾を取りだしてね、これと同じ標《しるし》が縫い取られた手巾をお持ちのお嬢さんが、こちらにおいでのはずですっていうのよ」

するとマディが勢いよく身を乗りだし、

「で、あたしたちがわけがわからずにいたら、なんと怯えてうしろに隠れてたシャノンが進みでたわけ。なんだかあたしたちって、お伽噺《とぎばなし》にでてくるでしゃばりで意地悪なふたりの継姉みたいじゃない？」

不満そうに口を尖《とが》らせてみせるので、アレクシアはつい笑ってしまう。

「求婚の王子からの使者ではなくて、申しわけなかったな」

すかさずシャノンが首を横にふった。

「そんなことない。王女さまのほうが全然いいわ」

「これは嬉しいことを言ってくれる」

シャノンははにかみながら、そのときの状況を説明する。

「アレクシアさまがあなたがたをお召しですって使者に伝えられて、アレクシアといったらもちろんあなたしかいないけど、やっぱり最初は警戒したの。でもあの手巾のおかげであなたを信じることができたわ」

そしてこの使者は信用できるとシャノンがきっぱり請けあったため、大わらわで生地と裁縫道具をかき集め、店を飛びだしてきたのだという。アーデンの町に遣いをやり、まだ三日であることを考えると、たしかに驚くべき迅速さである。

カーラがしみじみと息をつく。

「それにしても王女さまが娼館にかどわかされるなんて、大変なことだったのね」

「そうだな。あれは本当にまずかった」

「あのルサージュなんとかって女将《おかみ》たちは、縛り首になるの？」

「すでに手入れがあって、港にも監視の目を光らせることで、しばらく様子をみることになるようだ。店を取り潰《つぶ》しても、結局はそこで働く娘たちが路頭に迷うだけだから」

「たしかにそうかもしれないわね」

カーラは複雑な面持《おもも》ちでうなずく。

するとシャノンがふと気がついたように、

「そういえばあのあとで知ったんだけど、王女さまのお輿入れの船団が、海賊《かいぞく》に襲われたのよね？　ひょっとしてそのせいであんな目に遭ったの？」

「じつはそうなんだ。夜の海に投げだされて、一昼夜漂流して、あのウィンドロー近郊の海岸に打ちあげられて」

「それで助かっただけでも、充分に奇跡ね……」

シャノンが啞然《あぜん》とし、アレクシアもあらためてその危うさをかみしめる。

「ガイウスが……さきほどの、黒髪を結んだわたしの護衛官が、必死でわたしを助けようとしてくれたから」

たちまちマディが菫《すみれ》色の瞳をきらめかせた。

「ねえねえ、あのひとものすごく素敵じゃない？　精悍《せいかん》なのに優しそうだなんてどういうことよ。さすがは王女さまの護衛官ともなると、そこらの男とは違うものね」

「当初は不本意ながら務めていたようだが」

「だとしてもいまは違うんじゃないの?」

「うん……そのようだな」

「あ。嬉しそうね」

意味深な含み笑いを向けられて、アレクシアはどぎまぎとする。

「そ、それはおのれの職務にやりがいを感じてくれているなら、わたしとしても喜ばしいから……」

「えええ?　それだけ?　それだけなの?」

問いつめるマディを、カーラがたしなめる。

「やめてあげなさいよ。言わぬが花ってやつでしょ」

身も蓋《ふた》もなく結論をだして、しっかり者らしく仕切りなおす。

「とにかく。アレクシアはいまその、次の王に名乗りをあげるっていう……」

「即位宣言?」

「そう。それをして、味方の兵士を集めて、これから王都に向かうのね」

アレクシアはこくりとうなずく。

「そのまえにどうしても、そなたたちに会いたくなって。あ、しかしわたしたちが娼館で知りあったことについては――」

「もちろん黙ってるわよ」

請けあうカーラに続き、マディも肩をすくめる。

「言いふらしたところで、誰も信じないだろうしね」

そうだ。きっと信じはしない。アレクシアが王位欲しさに、エリアスを毒殺したという噂は信じたとしても。それが人心というものだ。

「まずはこれを渡さなきゃね」

カーラが手籠《てかご》から、布にくるんだアレクシアの髪束を取りだした。きれいにそろえて紐《ひも》でくくり、大切に保存されていたことがわかる。

「記念に取っておくつもりだったけど、あなたの役にたつなら喜んでおかえしするわ。それと頼まれた旗章の縫い取りも、みんなで進めておいた。とにかく枚数が必要だっていうから」

扉口に運びこまれた葛籠《つづら》に群がり、三人は色とりどりの布を披露してくれる。

すでに十枚近くの旗にアレクシアの印章が刺され、あとはきらきらしく縁を飾る作業を待つばかりという状態だ。

「伯母さんが店で最高級の反物《たんもの》をおろしてくれてね。なるべく見本そっくりになるようにしたけど、おかしいところがあったら教えて。ほどいてやりなおすから」

「ううん。どれも申し分のない出来だ」

「ん……でもこのあたりとか、糸がねじれてるし」

「旗手が高くかかげて標にするものだから、それくらいは気にならない。同じ文様ばかり幾枚もこなして、さぞ退屈したのではないか？」

するとシャノンが布から顔をあげ、

「でもこれは、あなたの名の綴《つづ》りを飾り文字にしたものでしょう？　だからちっとも苦にならなかったわ」

「そうか……」

アレクシアの胸の裡で、なにかがことりと動く。

あらためて見比べてみると、それぞれの印象に差があることに気がつく。

「こちらと、こちらでは縫い手が異なるのだろうか？」

誰ともなくたずねると、すかさずカーラが指さしながら、

「これはあたし。このみっしりしたのがマディで、ふんわりしたのがシャノンね」

もっとも手慣れ、飾り文字の曲線に自然な勢いがあるのがカーラ。

きつめに絞りこまれた糸の流れが、力強さに満ちているのがマディ。

反対に糸が空気を含んだように、やわらかな光沢を生んでいるのがシャノン。

三人がそれぞれに、心をこめたひと針ひと針で、アレクシアの名を浮かびあがらせてくれたのだ。

それは呪《のろ》いではなく、むしろ呪《まじな》いと呼ぶべきものだろう。

名は呪縛《じゅばく》ではない。祈りをこめた声援ともなりうるのだ。

アレクシアはこみあげてくるものをこらえ、なんとかほほえんだ。

「出立は明後日の早朝に決まった。それまでに縁飾りまで完成させなければならないが、そなたたちにももうひとがんばりしてもらえるか？」

「じゃあ、今夜はみんなで夜業《よなべ》に決定ね」

なにやらマディがうきうきし始め、

「夜業？」

首をかしげるアレクシアに、シャノンが教えてくれる。

「糸繰《いとく》りとか、繕《つくろ》いものとか、家でできる手仕事をかたづけるために、夜更《よふ》かしすることよ。したことない？」

「ない……かな」

「……さすがね」

三人の娘たちは静かにおののき、やがて弾《はじ》けるように笑いだした。

6

アレクシアを擁したグレンスターの軍勢が、王都に向かっている。

次々と宮廷に舞いこむ報《しら》せから、その現実はもはや疑いようがなかった。

「アレクシア王女が、騎乗にてラグレス城を発《た》たれたとは……いったいどういうことなのでしょうか」

不穏な予感がつのり、セラフィーナの声は頼りなく揺らぐ。

しかし問われたウィラードのほうも、その顔つきは日毎《ひごと》に険しさを増していた。連日の議会において、エスタニア貴族との癒着《ゆちゃく》について追及されているためであろう。

セラフィーナの淹《い》れた迷迭香《ローズマリー》の香茶をしばし味わい、ウィラードはようやく目許をやわらげる。

「即位宣言が事実であるとすれば、ラグレスに集結した兵を鼓舞《こぶ》するために、アレクシアと背格好の似た娘を用意したというところかもしれませんね」

「その娘に、王女を演じさせているということですか？」

「姑息《こそく》な策です」

あくまでおだやかな声音には、冷え冷えとしたいらだちが見え隠れしている。

「しかしながらアレクシアの顔を知る者など、下界にはほとんどいないのですから、当面はそれでしのげると踏んだのでしょう」

「当面でもかまわないと？」

「グレンスターとしては、いち早い旗揚げを既成事実として世に知らしめ、その勢いに乗るかたちでこちらの意気を挫《くじ》くことを、目的としているのでしょうからね」

「そう……ですわね」

セラフィーナはあいまいにうなずく。

ウィラードの分析はいかにも的確だ。

しかしその前提には、おそらく決定的な誤《あやま》りがある。セラフィーナの胸にうずまく疑惑は、すでに確信に変わりつつあった。

それをどう伝え、警戒をうながしたらよいものか。

セラフィーナは慎重に問いかける。

「ではわたくしたちは、どのような手を打つべきでしょうか」

ウィラードは円卓越しに腕をのばし、セラフィーナの手に手をかさねた。

「もちろんアレクシアを、反逆罪で処刑台に追いやることです。奉じる相手を亡くせば、敵も瓦解《がかい》するしかありませんから」

「こちらには切り札があると？」

「当然です」

「ですが」

セラフィーナは意を決してきりだした。

「ですがその切り札は、本当にわたくしたちの手許にあるのでしょうか」

ウィラードはけげんそうに首をかしげる。

「なにか我々の想定外の秘策が、あちらにはあると?」

「そうではなく……真のアレクシア王女が、すでにラグレス城に滞在していたとは考えられないかと」

ついにセラフィーナが核心を口にすると、涼やかなウィラードの瞳に、たちまち驚きが広がった。

「グレンスターの軍勢を率いているのは、まごうかたなきわたしの妹であるかもしれないというのですか?」

「はい」

するとさもおかしそうに、ウィラードは息を洩《も》らした。

「失礼。そういえばあなたは、アレクシアが投獄されるさまをご覧になってはいませんでしたね。あれはわたしの目のまえで衛兵隊に身柄を拘束《こうそく》され、議事堂からすぐさま王宮の地下牢に連れ去られたのです。それを疑う余地はありませんよ」

当然ながらウィラードの確信は揺らがない。それをわずかでも切り崩す方法はないものかと、セラフィーナはけんめいに考え、ひとつの仮定をひらめいた。

「ですがその地下牢からの脱獄に、手を貸す者がいたとしたら?」

「脱獄に?」

ウィラードはとまどいながらも、おざなりにあしらおうとはせず、懇切丁寧にこちらの不安を解きほぐそうとしてくれる。

「そうですね。獄吏《ごくり》のひとりふたりを買収し、ひそかに言葉をかわす程度のことならできたかもしれません。しかし交代の見廻《みまわ》りが、覗《のぞ》き窓からしばしば房の様子をうかがうはずですから、アレクシアが消えていればすぐにそうと気がつきますよ」

「では消えていなければいかがですか？」

「……というと？」

困惑を深めるウィラードに、セラフィーナは必死でたたみかける。

「かつてわたくしが母と地下牢に囚われておりましたとき、房には獄吏ではなく、衣食の世話のための小間使いのみが出入りしておりました。王族の女人《にょにん》に獄吏を近づけないという配慮ゆえでしたが、もしもその娘と急いで衣裳を入れ替えるなどすれば、ひそかに脱獄することもできるのではありませんか？　地下牢は暗く、顔を伏せていれば、協力者以外の獄吏には見咎《みとが》められずにすむかもしれません」

ウィラードはしばし沈黙した。

執拗《しつよう》に喰いさがるセラフィーナのまなざしから、いつになく切迫したものを感じとったのかもしれない。

「つまりあなたは……王宮の地下牢にいるのが、アレクシアと背格好の似た身代わりの娘かもしれないと危惧しているのですね？」

「はい」

セラフィーナはすがるようにうなずいた。

グレンスター家にはアレクシアを抹殺する動機がある。

だから哀《あわ》れなアレクシアは、すでにこの世の者ではないと信じこんでいた。

だが実際のところ、あのふてぶてしい娘もアシュレイも、アレクシアを殺したとは口にしていないのだ。

グレンスターがアレクシアを本気で奉じるはずがない。

しかしこのような事態に備えて生かしておいたアレクシアを、やむをえず代役の王女として扱うことはあるかもしれない。

「ラグレスで挙兵をしたのが真のアレクシア王女であれば、こちらの対応が遅れたことで取りかえしのつかない状況を招いてしまうかもしれません。収獄されている身代わりの娘を殺したところで、アレクシア王女を擁する者たちにとっては、なんら痛手にはならないのですから」

そう訴えると、ついにウィラードのまなざしが揺らいだ。

やがて観念したように息をつき、セラフィーナに伝える。

「わかりました。では念のために、わたしが牢の様子を確かめてまいります。そうすればあなたの不安も、完全に取り払うことができましょうから」

セラフィーナはすかさず願いでた。

「ぜひわたくしもお供させてくださいませ」

「あなたも？」

これにはさすがに抵抗をあらわにし、眉をひそめる。

「あなたのような姫君がおいでになるところではありませんよ」

「ですがわたくしは、かつて房で夜を明かしたこともありますから」

すかさずかえすと、ウィラードは複雑なまなざしでセラフィーナをみつめた。

「……そうでしたね。おいたわしいことだ」

優しく肩をだきよせ、耳許にささやきかける。

「反逆者の娘というあなたの汚名を、いつか雪《すす》いでさしあげなければ。あなたは穢《けが》れなき女王として、ガーランドに君臨《くんりん》されるべきなのですから」

そう。あの娘の秘密は、セラフィーナにとっても弱みとなる。

だからそれを明かさずに、なんとか切り抜けなければならない。

7

牢獄生活の一番の敵は孤独だ。

冷めた料理も、黴臭《かび》い湿気も耐えられる。

こんなものは《奇跡の小路》での暮らしに比べれば、よほどましなくらいだ。それでも言葉やぬくもりをかわしあう相手がひとりもいないのは、さすがにこたえた。

時間の感覚も思考も、次第にとりとめがなくなって、そのまま四方の壁に押し潰されて消えてしまいそうな心地になる。

黒ずんだ壁のいたるところに、名や文言《もんごん》らしきものが刻まれているのは、そんなふうにばらばらになってしまいそうな自分を、なんとかしてつなぎとめようという努力の跡なのかもしれない。

いっそ自分もそれに倣《なら》ってみようか。

そうも考えたが、いざとなるとどちらの名を刻むこともためらわれてやめた。

ここにいるのはあくまでアレクシアであり、ディアナにはむしろそれが救いでもあるのだから。アレクシアならどうふるまうか、その指針があるおかげでかろうじて気力を保つことができる。

それはアレクシアが自分のそばに寄り添っていてくれるのと、ほとんど同じことではないだろうか。

気をとりなおして、ディアナが就寝の身支度にかかろうとしたときである。

見廻りらしい足音が近づき、いつもならじきに立ち去るはずが、その様子がないのをいぶかしんでいると、やがてがちゃがちゃと鍵束がこすれる音とともに扉が開かれた。

身がまえたディアナは、ほどなく手燭《てしょく》に浮かびあがった白銀の長髪に、息を呑まずにはいられなかった。

こんな牢獄には似あわない――しかし誰よりふさわしいともいえる相手であった。

「ウィラード……兄上」

弾かれるように寝台から腰をあげ、ぎこちなく鳩尾《みぞおち》に両手を組む。

「アレクシア」

「はい」

「加減はどうだ」

「おかげさまで変わりありません」

「扱いに不満は？」

「ございません。ありがたくも王族として相応の敬意を払われておりますゆえ」

「白々《しらじら》しい物言いは変わらぬな」

さらりとかえされて、ディアナは頬をこわばらせる。

ここで嗤《わら》うような男なら、きっと怖くないのだ。しかしもはや生の感情を向けるだけの相手ではないと告げるような、冷徹なまなざしが恐ろしい。

「おまえは外の状況を知っているか」

「……いいえ」

「エリアスが死に、おまえがラグレスで挙兵した」

「……わたしが？」

「即位を宣言し、王都に軍勢をさしむけているということだ」

ではアレクシアは、小夜啼城を急襲したグレンスターの手勢から逃れることができたのか。そのアレクシアに、いまはグレンスターが協力している？　そんなことがありえるのだろうか。

「どうやら寝耳に水のようだな」

我にかえったディアナは、いまさらながら蒼《あお》ざめる。

めまぐるしい混乱の表情を、ウィラードに読まれていたのだ。

「いかがです。仮にこれが妹の身代わりであるなら、自分がなんのためにあれを逃がしたのか、知らぬはずがないとは思われませんか？」

それはディアナに投げかけられた問いではなかった。

肩越しにその姿を認め、ディアナはたちまち凍りつく。

ディアナに偽者の疑いをかけ、それをウィラードに注進した者。

「セラフィーナ従姉さま」

ゆらめく焔《ほのお》を照りかえし、なめらかな頰が暁《あかつき》に輝いている。

セラフィーナはおもむろにくちびるを動かした。

「〈あなたはアレクシア王女の身代わり役なのですね？〉」

まるで呪文のような音の連なりのなかで、かろうじて聴き取れたのはアレクシアという名だけだ。

無言で対峙《たいじ》するふたりを、ウィラードが固唾《かたず》を呑んでうかがっている。

セラフィーナはふたたび呪文を口にした。

「〈あなたはアレクシア王女の身代わり役なのですね？〉」

しかしまたも聴き取れたのは、アレクシアという名だけだった。

なんとか察せられたのは、なにかを問われているらしいことのみである。

そんなディアナの反応に、誰よりウィラードが動揺をあらわにしている。その状況こそが、ディアナを絶望にふるえあがらせた。

「ローレンシア語もエスタニア語も、まるで理解できないだと？」

愕然《がくぜん》とつぶやいたウィラードが、ついに目の色を変え、ディアナの顎《あご》をつかみあげた。

かかげた手燭を突きつけ、正体を暴きだそうとする。

「本当にアレクシアではないというのか？　ならば貴様は何者だ！」

「んううっ！」

焰に頰を炙《あぶ》られて、ディアナはたまらず呻《うめ》いた。

「おまえのその姿はいったいどういうことだ。入れ替わりはいつからだ？　吐かねば命はないぞ！」

もうだめだ。吐いても吐かなくてもきっと殺される。

そうとなればなにをどこまで白状するかだ。アレクシアと自分の生まれにかかわりがあると疑いをかけられては、むしろ彼女のためにならないかもしれない。

しかしどう言い逃れたものか、もはや頭がまわらない。

「ウィラードさま」

セラフィーナがなだめるように声をかける。

「おそれながらその娘は、グレンスター家の遠縁の者ではないでしょうか」

「……グレンスターの？」

「彼《か》の一族にはかつて王家より降嫁された姫もおられますし、当代の公の姉君が亡きメリルローズ妃であらせられますから」

「アレクシアの母親の血縁にならば、酷似《こくじ》した容姿の娘が存在したとしても、決しておかしくはないと?」

「はからずも祖先の血が濃く受け継がれたのではないかと。いずれにしろこの娘が何者であるかは、いまは重要ではありません。あちらにとってこの者は、捨て駒《ごま》にすぎないのですから」

「そうですね」

ウィラードは荒い息遣いをおちつかせると、ようやくディアナの顎から手を放した。

ディアナは糸の切れた人形のように、たちまち床にくずおれる。

「しかし捨て駒にも利用価値はあります」

こちらを睥睨するウィラードと視線がかみあい、ディアナはぞくりとする。

「おまえのおかげで、アレクシアたちに決定的な打撃を与えることができそうだ」

8

女神とは美しく、残酷なものだ。

みずからと歩みの交錯《こうさく》した者たちを、容赦なく虜《とりこ》にし、その人生に君臨する。

ガーランド宮廷の《黄金の薔薇《ばら》》とも讃えられた美貌《びぼう》の姉は、グレンスター公にとってまさしくそうした存在だった。

まなざしひとつ、声音ひとつで他者をあやつり、それでいて生来の魅力の源泉が涸《か》れることを恐れるように、いつもどこか不安にとらわれていた。

この世で信じられるのはあなただけ。わたくしをおいて死なないで——そんなふうに弟にささやいたのも、手管《てくだ》のうちだったのだろうか。

しかしそれでもかまわなかった。

あまたの賛美者では決して埋められないなにかを、血のつながった姉弟はたしかに感じあっていたはずなのだから。

グレンスター公爵家のメリルローズ。

その娘時代の肖像画に、グレンスター公はあらためて対峙する。

「姉上。わたしは道を誤ったのでしょうか」

すべての始まりは、死にぎわのメリルローズによる衝撃的な告白だ。

わたくしの娘を捜して。そしてアレクシアを追いだして——それは懇願であり、生涯をかけて応《こた》えるべき命令でもあった。

頼まれるまでもなく、グレンスター公はすぐさま奔走《ほんそう》した。

姉の娘が愛妾リエヌに連れ去られたきり、生死すらわからないのだ。

しかし死の床のメリルローズに会いにきたリエヌは、娘を殺したとまでは告げなかったという。だからかならずや生きているものと、急ぎその足跡をたどり始めた。

出産を終えてまもないリエヌが、赤子を連れて長旅をするのは難しい。すぐに手放そうとするならばと考え、まずは小夜啼城近郊の修道院をくまなく洗った。

するとほどなく、盗賊に襲われて全焼したばかりという修道院が浮かびあがった。

悪い予感は的中した。メリルローズが死に、もはや娘を生かしておく意味もなくなったがために、おそらくは痕跡《こんせき》ごと葬り去られたのだ。

しかし本当に娘が命を奪われたのかどうか、証拠もまたない。

すでに七歳にまで成長した少女なら、自力で逃げだした可能性もあるのではないか。

実際それらしい目撃情報もないではなかったが、それきり足跡はとだえてしまった。

しかしそれでもグレンスター公は諦めなかった。

赤子の時分に入れ替えが可能なほどの容姿なら、長じてもアレクシアのおもかげがあるはずである。

みごとな黄金の髪に、緑の瞳をそなえた、王女と同じ齢ごろの娘。

それを手がかりに捜させていたところ、昨年になってついに有力な情報が飛びこんできた。まさにその条件にあてはまる娘が、アーデンの町で若手の役者として売りだしているというのだ。

しかもその名をディアナというらしい。亡きケンリック公がメリルローズ妃を〝わたしの女神《ディアナ》〟と呼んでいたことは、グレンスター公も知っていた。

さっそく腹心を実検に向かわせると、まさにアレクシアと生き写しの姿をしていたという。もはや疑いようはなかった。

グレンスター公も逸《はや》る心でアーデンに出向き、舞台で生き生きと演じるディアナの姿をまのあたりにしたそのとき——野望が芽生えた。

なにしろディアナには演技の才能がある。

これほどの好条件があるだろうか？

一年をかけて周到に準備をととのえ、輿入れの渡航に乗じて、ディアナをアレクシアに成り代わらせる。

ディアナには一時的な代役として納得させながら、機をみて王女の双子の片割れであるとの出生を伝え、アレクシアとして生きる覚悟を決めさせる。

そしていずれは女王として戴冠《たいかん》させ、それから——。

描いた未来図には、まだまだ先があるはずだった。

まず第一のつまずきは、アレクシアを仕留めそこねたことであろう。

それに加え、ディアナがアレクシアに対し、かねてより並々ならぬ感情をいだいていたことが誤算だった。まさか少女時代にふたりがめぐりあっていたとは、知る由《よし》もないことである。

「ずいぶんと先を越されていたものだ」

もはや苦笑いするしかない。

この手で絞め殺したいほど、アレクシアという娘を憎んでいたわけではなかった。

だが姉のために、その娘のディアナのために、どうしても死んでもらわなければならなかったのだ。

しかしどうだろう。そのアレクシアがいま、ディアナを救うためにみずからラグレスに乗りこみ、兵を率いて王都をめざしているという。

ラグレスからの伝令で、即位宣言の報を受けたときは、目を疑った。

ただちに殺せと命じることもできたが、好きにさせた。どうせこちらは身動きがとれない。皮肉なことに、アレクシアに希望を託すしかすでに道はないのだ。

もしこの苦境を乗り越えることができたとしても、もはやディアナはアレクシアをさしおいて玉座につくことを、決して認めはしないだろう。

完敗だ。

「父上。宮廷からの使者がこれを」

そう呼びかけられ、グレンスター公はふりむく。

息をきらせたアシュレイの様子から、用件はおおむね察せられた。

「ついにきたか」

「明朝この屋敷から、議事堂まで護送されることになるそうです」

手渡されたのは、やはり議会からの召喚状だった。

「わたしだけか？」

「はい」

「そうか」

グレンスター公は即断した。

「ではおまえはその隙《すき》に屋敷から脱出しろ。ランドール市内に潜伏している手の者たちとともに急ぎ王都を離れ、アレクシア率いる軍勢に合流するのだ。おまえが加われば、我らがグレンスター兵の士気もあがるだろう」

「しかし父上は？」

「わたしのことにはかまうな。わたしが呼ばれたということは、すでに王女の入れ替えも発覚しているはずだからな」

そうとなればグレンスター家の関与は明白だ。もはや軟禁ではすまされず、議事堂からそのまま地下牢に連行されることになるだろう。

アシュレイは頬をこわばらせる。

「セラフィーナさまが示唆をされたと？」

「だろうな。あれだけ姿の似たふたりを疑う者はまずいないし、ディアナがみずから告白するはずもない」

「ディアナが代役であることをお認めになるのですか？」

「もはやそれ以外になかろう」

「ですが！　王族の僭称《せんしょう》はそれだけで極刑に値します。ディアナを処刑台に送ることになると、承知しておいでですか？」

追いつめられた瞳でアシュレイが訴える。

「無論だ。わたしが否定したところで、結果は変わらないだろう。ディアナが晒《さら》し者にされ、偽者であることが暴かれるだけだ。おまえはあの娘に、あえてそのような辱《はずかし》めを受けさせたいのか？」

「それは……」

アシュレイは苦渋に目許をゆがめて黙りこむ。

「わたしが強要したことと、主張はしてみるがな」

おそらく減刑は期待できないだろう。そもそもあちらには、ディアナを生かしておくだけの理由がない。むしろこの状況では、こちらの死をどのように利用するか、その算段のほうが気にかかる。

「いずれにしろ即日の処刑とはいかないはずだ。我々はそのいくばくかの猶予に賭けるとしよう」

「――わかりました」

こみあげる不安を呑みこむように、アシュレイは首肯《しゅこう》した。

「では一刻も早くアレクシアと合流し、ふたたび王都をめざすことにします」

「そうしてくれ」

これからの数日がまさに正念場だ。

そしてもしも賭けに負ければ、そのときはすべてを失うことになる。

おのれの命も、与《くみ》した者たちの命も、グレンスター家そのものも。

グレンスター公はあらためてアシュレイをながめやった。

すらりとした息子が、おのれの背丈を追い越したのは、いつのことであったか。

上背《うわぜい》があるばかりでまだまだ頼りないように感じていたが、知らぬまにずいぶんと肝《きも》の据わったまなざしになったものだ。

「おまえは」

ためらいつつも問いかける。

「おまえはわたしが妄執にとらわれていたと思うか」

アシュレイは目を伏せ、しばし沈黙する。そしてひとことずつ、言葉を選ぶように語りだした。

「伯母上の無念を晴らしたいというお気持ちは、遺《のこ》された親族として自然なものでありましょう。ですがアーデンの町で生きるディアナを発見したとき、すくなくとも父上は彼女が自力で切り拓《ひら》いた人生に敬意を払うべきでした。それを忘れたがために、我々はあまりに多くを犠牲にしました」

「《白鳥座《はくちょう》》のことか……」

グレンスター公は苦くつぶやく。

一座の者の口を封じたことを、あえてアシュレイに秘していたのは事実だ。気の優しいところのある息子が怖気《おじけ》づき、あるいは動揺してディアナに悟られるのではないかと危惧したためである。

「ディアナは決して我々を許しはしないでしょうし、伯母上の遺志よりもディアナの意志を軽んじた点において、父上はたしかに死霊の妄念にとらわれておいででした」

「……そうかもしれないな」

まさにその妄執を解き放つように、グレンスター公は長い吐息をつく。

代わりに胸を満たすのは、たまらない寂寥《せきりょう》感である。

おそらく自分は、姉の妄念にとらわれていたかったのだ。そうすれば死者とともに、夢の続きを生きていられる。

「いつの日かディアナを玉座に導き、おまえをその夫とし、生まれた子が王太子となる日をわたしは夢みていた。しかしもとよりおまえは乗り気ではなかったな。それもおのれの妄執に固執して、おまえの望みを軽んじたことになるのだろう」

アシュレイは開きかけた口を閉じ、ふたたび開いた。

「そうでもありませんでしたよ」

「そうなのか？」

「王配の地位に魅力を感じたわけではありません。しかしいざディアナの世話をしてみたら、グレンスター家の嫡男《ちゃくなん》としてふさわしい家柄の姫と結婚するよりも、よほど楽しそうだなと」

「楽しそう？」

「ただそれだけのことですが」

にもかかわらず、それを語るアシュレイの声音は、なにかひどく大切なものを慈《いつく》しむかのようである。

グレンスター公は首をかしげてうなった。

「わからんな。若い者の考えることは」

アシュレイが声をたてずに笑う。

「そんなにおかしいか」

「おかしいのは自分のことですよ」

そうささやき、ひそやかに笑む息子の横顔を、グレンスター公はあらためてしげしげとみつめる。

「そういえばおまえは昔から、わたしのまえではめったに笑わぬ子どもだったな」

「父上がいつもいかめしい顔をなさっていたからです」

グレンスター公は心外もあらわに問いかえす。

「わたしのせいだというのか？」

「鏡でご覧になってみては？」

「言うようになったな」

憮然《ぶぜん》とかえすと、アシュレイは肩をすくめた。

「次にお伝えする機会があるかどうか、わかりませんから」

さらりと告げられて、グレンスター公はかえす言葉につまずいた。

気まずく黙りこむアシュレイに、

「たしかにそうだな。では今夜は酒でも酌《く》みかわすとするか」

慣れない誘いをかけると、どうやら下手な冗談だと受け取ったようだった。

「やめておきましょう。二日酔いで議会の演台にのぼるのは、あまり賢明とはいえませんからね。わたしもさっそく、屋敷を脱けだす段取りを相談してまいります」

「……そうか」

するとアシュレイはふと表情をあらためた。真摯《しんし》なまなざしで告げる。

「かならずお救いします。父上もディアナも、アレクシアのことも」

グレンスター公は息子の覚悟を受けとめる。

そしてうなずきかえした。

「頼んだぞ」

9

リーランドの屋根裏部屋には、ついに完成した一枚刷り《ブロードサイド》が山と積まれていた。

「これが宮廷画家の絵ですか。まるで生きているみたいですね」

ロニーはたちまち目を奪われ、

「いまにもささやき声が聴こえてきそうね」

妹のティナもため息をつきながら見惚《みと》れている。

ふたりの反応に、リーランドも嬉しい手応えを感じる。

「これは彫師の腕も相当なものだ。原画の線を殺さないからこそ、こういう繊細な味わいまで再現できるんだ」

ついつい得意げに、そんな知識を披露したくもなる。

ロニーはますます感心した様子で、

「急な依頼なのに、それほどの職人によく請けてもらえましたね」

「じつはおれの父親に伝手《つて》があってね。背に腹は代えられないと頼みこんで、骨を折ってもらったんだ」

　制作には細心の注意を払い、かかわるのは最小限の人数に絞った。

　市民を煽動《せんどう》するような刷りものをばら撒いたことで、もしものときに父の印刷所にまで累《るい》が及ばないようにするためである。

　いざ組版を終え、印刷に移ってからはリーランドも手伝ったが、作業はひとめを避けた夜のみのため、もうすぐアレクシアの軍勢が王都に到着するという時期になって、なんとか充分な枚数をそろえることができた。

　ノアが黒々とした活字を読みあげる。

「誰がこのふたりを陥《おとしい》れたのか……か。あれこれ詳しく書きたてるよりも、たしかに効果あるかもな」

「おまけにその誰かをあえて名指ししないことで、いざというときの逃げ道にもなるって寸法さ」

　とにかく木版画の魅力が抜群なので、それを活《い》かすことを第一に考えたのだ。

「だけどリーランドはさ、父親とはもう何年も会ってなかったんだろ？」

「そうだな」

「なのにいきなり顔をだした息子から、こんな危なそうな頼みごとをされて、すぐに乗り気になるっていうのも逆にすごいよな」

「そこは人徳だろうな」

「あんたの？　嘘《うそ》だろ」

「父のだよ」

　リーランドは苦笑する。

「正直こっちは覚悟してたんだ。力を貸してもらう代わりに、なにかしら条件をつけられるかもしれないって」

「これからは家業を手伝えとか？」

「まあ、その手のことだ。だけど父はほのめかしもしなかった。根が善人なんだよ、あのひとは。気づいていながら黙っていたおれとは違う」

　だから庶子を本宅で養育しようなどと、無謀なことを考えるのだ。かつてはそれがひどくもどかしくも感じられたものだが。

　するとティナが口を開いた。

「リーランドのお父さんも、本当は気がついてたんじゃないかしら」

「え？」

「でもきっとあえて無条件で息子に協力したかったのよ。どんな事情で会わずにいたかは知らないけど、リーランドのためにこれだけ丁寧な仕事をしてくれるんだもの。息子からいざというときに頼りにされて、嬉しかったんじゃない？」

それならそれで、やはり善人ではあるだろう。

こちらが気おくれしてしまうほどに。

リーランドはにこりと笑いかけた。

「ティナは本当にやさしい娘《こ》だな」

「そ、そんなこと」

恥ずかしがるティナの隣で、ロニーがふとつぶやく。

「だけど案外ふたりは、似たところがあるんじゃないですかね」

「ふたりっておれと父のことか？」

リーランドはとまどい、

「なにゆえに？」

「なんというか、刺激的な仕事にやりがいを感じて、ほいほい乗ってくるようなところだとか……」

「ほいほい」

唖然とするリーランドをよそに、すかさずノアが同意した。

「それわかる。こいつはいつだって、おもしろそうかそうじゃないかで、ものを判断するんだよ」

「それなら似た者親子ってことね」

ティナにまで決めつけられ、リーランドはたじたじとなる。

「……まいったな」

勤勉な父と自分とは、いつしか正反対の性格のような気がしていた。

しかし自分もまた、挑戦をすることに対して勤勉といえるのか。

そうと気がつき、リーランドは内心でうなった。

「わからないものだな……」

アレクシアと出会い、行動をともにするようになったのも、もちろんディアナを取りかえすという目的はありつつも、めったにないようなめぐりあわせを楽しむ心持ちが、根底にあったはずだ。

危険で厄介《やっかい》で、現にこうして大怪我《おおけが》を負うはめになってはいても、やはり刺激的な冒険に興奮していることは認めざるをえない。

「なに笑ってるんだよ。不気味だな」

ノアに不審がられ、リーランドは釈明する。

「いましがた思いだしたんだよ。ディアナと姫さまの交代劇を、戯曲にしたてあげようともくろんでいたことをさ」

「それってひと晩で上演するのは無理じゃないか？」

「たしかに。しかし端折《はしょ》るとおもしろさが半減するしな」

そんな芝居馬鹿たちを、現実的なロニーがすかさずたしなめる。

「ふたりとも！　現実が大団円にならなきゃ、戯曲化も夢のまた夢ですよ」

たしかにそのとおりだ。

四人は視線をかわし、あらためてうなずきあう。

王都をめざすアレクシアも、牢獄のディアナも、それぞれに戦っている。

ならば我々も、我々にできる戦いをするのみだ。

決戦のときは、もうそこまで近づいている。

第16章

1

明日はついに王都入りだ。
ようやくここまでたどりついた。
騎乗のアレクシアは、冷たい風に敢然《かんぜん》と顔をあげる。
早馬なら三日とかからない行程だが、歩兵も連れていてはそうはいかない。
王都方面からの伝令が、いつ凶報をもたらすかと、内心気が気ではなかった。
それでも迷いも不安もない、凜《りん》としたたたずまいを崩さないのが、旗印《はたじるし》の使命なのだ。
秘めておかねばならないものは、隣を守るガイウスだけが知っていればいい。
「姫さま。あれを」
そのガイウスの目線を追うと、陽《ひ》のかたむきかけた街道の先から、騎馬の一群が駆けてくる。グレンスターの伝令のようだが、いつもより人数が多い。

家令のメイナードがいち早く告げる。

「あれは当家の若さまですな」

「アシュレイが？」

たしかグレンスター邸に軟禁されていたはずだが、状況の変化があったのだろうか。

さまざまな可能性を考えているうちに、またたくまにたどりついたアシュレイが馬首をかえし、アレクシアに並んだ。

すかさずガイウスが馬を寄せ、いつでも主《あるじ》を護《まも》れる態勢をとる。

「アレクシア。ぼくはいまからきみと行動をともにする。父が議会に召喚された隙《すき》に屋敷を脱けだし、グレンスターの本隊に合流するよう指示を受けた」

アレクシアはすぐさまたずねる。

「召喚の理由は？」

「ディアナに王女を名乗らせたことだろう」

アレクシアはたちまち凍りついた。

「ではディアナは」

「王族を僭称《せんしょう》した者は、なにをおいても極刑に処される。その罪科でグレンスターの当主をも処刑することで、こちらの勢いを挫《くじ》こうとしているはずだ」

「やはりセラフィーナ従姉《ねえ》さまがかんでいるのか……」

「おそらくは。けれどきみやディアナの出生までが知られた様子はないから、まだ希望はあるはずだ」

アレクシアはぎこちなくうなずく。

「処刑の予定は?」

「早ければ――」

アシュレイはすぐさま言いなおした。

「きみが王都に迫っていることをつかんでいるなら、明日の朝以外にないだろう」

「もはや一刻の猶予《ゆうよ》もないわけだな」

するとメイナードが進言した。

「これから夜を徹しても、朝までに全隊が王都に入城できる保証はありません。先遣隊に騎兵隊を合流させ、いざとなればじかに公とディアナさまを処刑台からお救いするというのは?」

「わたしがガイウスを助けにかけつけたときのようにか」

だがそのガイウスは、手放しでは承諾できかねるようだ。

「こちらの動きを警戒した相手が、武装して待ちかまえていれば、姫さまの御身までもが危険にさらされます」

「もちろん部隊の編制についてはお任せいたします。必要にして充分な兵力を割いていただければ」

それ以外に確実な方法はなさそうだ。アシュレイも同感のようである。

アレクシアはガイウスをうかがう。

「できそうか？」

「なんとかしてみます」

心を決めたように首肯《しゅこう》し、さっそく騎兵隊のほうに馬を向ける。

アシュレイがそれを見送りながら、

「アレクシア。きみにどう伝えたらよいものかわからないのだけれど」

「グレンスター家の所業のことか」

「うん」

「公の動機なら理解はしている」

「許しは請わない。請うことはできない」

「そうだな。罪のない者がそのために数知れず命を落とした」

アシュレイはたちまち目許《もと》をゆがめ、うつむきがちにうなずいた。

「そうだね。けれど父はもはや、きみの命を奪おうとはしていない。そしてなんとか姉の娘を救いたいと、きみの尽力に唯一の希望を託している。虫の好《い》い望みだとは承知しているけれど――」

「信じよう」

「本当に？」

「信じさせるために、そなたが来たのだろう？」

アシュレイは口許をひきしめ、かみしめるようにうなずいた。

「きみの護衛官殿には劣《おと》るけれど、全力を尽くすつもりだ」

「ありがとう。ただし――」

アレクシアはアシュレイの天色《あま》の瞳をのぞきこんだ。

「決して無謀なことはしないでほしい。もしそなたの身になにかあれば、きっとディアナが悲しむだろうから」

アシュレイは目をみはり、それから降参の苦笑を浮かべた。

「きみにはかなわないよ、アレクシア王女殿下」

2

用意されたのは白装束《しょうぞく》だった。

もちろん絹ではない。洗いざらしの木綿《もめん》だ。

王女ではなく、ただの身代わりの娘には、これで充分ということなのだろう。

ディアナの処刑は明日の朝だという。罪状は王族の名を僭称したこと。

淡々《たんたん》と獄吏《ごくり》に告げられたときも、激しく動揺はしなかった。

グレンスター公も同時に処刑されると知ったときのほうが、むしろうろたえたかもしれない。

「覚悟なんて、とっくにできてたものね」

あえて声にだしてうそぶいてみる。

そう――覚悟はできていた。そのはずだ。

それでもすでに地下の棺《ひつぎ》に閉じこめられてでもいるかのように、ディアナの息はしだいに苦しさを増してゆく。

なにか心残りでもあるのだろうか。

そうなのかもしれない。ディアナの心はアレクシアに残っている。

いまやアレクシアを演じる必要がなくなり、ディアナはひとりになってしまった。

アレクシアの声音《こわね》、アレクシアの仕草。まるできらきらした虹《にじ》色の紗《しゃ》のように、ふわりと身にまとっていたアレクシアの移り香を剝ぎ取られ、もはやひとりで演じたとて虚《むな》しいばかりだ。

すでにアレクシアは消え、ここには自分しかいない。それがたまらなく心細い。

アレクシアを演じたまま死ぬよう命じられたほうが、よほど堂々と死を迎えられたかもしれない。

ディアナは懐《ふところ》から手巾《しゅきん》を取りだした。隅《すみ》にアレクシアの印章が縫い取られた、ややくたびれた手巾。

いまやアレクシアのよすがは、この手巾だけだった。

「これなら最期《さいご》まで身につけていても平気よね」

明日はきっと、この手巾を胸許にしのばせていこう。

そう決めると、ディアナの息はほんのわずか楽になった。

3

陽が暮れてからも、アレクシア一行は粛々《しゅくしゅく》と王都をめざした。

同行するのはグレンスター直属の騎兵隊である。機動性を重視した二十騎ばかりであるが、彼らと面識のあるアシュレイと、文官ではあるがなにかと目端の利くタウンゼントがついているのも心強い。

馬を休めつつ、できるだけ夜のうちに距離を稼いで、先遣隊と合流したい。

その一心で、うねる丘の先を急ぎ、東の空がほのかに白み始めたころである。

木立を抜ける街道の先に、人影のようなものが浮かんでいた。近づいてみると、それは一頭の空馬である。

「この馬は先遣隊のものです」

馬具に見憶《みおぼ》えがあったのだろう、騎兵のひとりがそう報告する。

そしてひとりが角灯をかかげたとたん、一同は息を呑《の》んだ。鞍《くら》から馬の首筋にかけて、おびただしい血痕《けっこん》が散っていたのだ。

するとタウンゼントが怯《おび》えた声をあげた。

「あれはなんです？」

その視線は街道の先を凝視している。そこには暗がりに無数の空馬と、地には横たわる人影が折りかさなっていた。

すかさずガイウスが、横あいからアレクシアの手綱を握りしめる。

「姫さまはおさがりください」

「ぼくが確認してきます」

ひらりと馬をおり、慎重に歩を進めるアシュレイに、数人が続く。

残る面々が固唾《かたず》を呑んで見守るなか、やがて戻ってきたアシュレイは、夜目《よめ》にもひどく蒼《あお》ざめていた。

「先遣隊が皆殺しにされている。明らかに訓練された兵士の仕業《しわざ》だ。斬《き》りつけられたあとに、とどめを刺されたらしい者も複数いる」

「本隊に報《しら》せをもたらせないようにか」

ガイウスが押し殺したつぶやきを洩《も》らす。

アレクシアはぎこちなくくちびるを動かした。

「わたしたちがこの先に進むのを——王都にたどりつくのを、阻止《そし》しようとしている者がいるのか?」

「そのようです。あらかじめ待ち伏せ、ともすると増援部隊をよそおって、油断を誘ったのかもしれません」

アレクシアは目許をゆがめた。

「……兄上のさしがねか」

「おそらくは。我々が王都にかけつけるまえに、グレンスター公やディアナの処刑をすませてしまいたいのでしょう。そうすれば後見人や身代わりの娘を見捨てた、卑怯《ひきょう》な王女という汚名をあなたに着せることもできます」

「そんな!」

焦燥《しょうそう》がせりあがり、アレクシアはたまらず悲鳴をあげる。

アシュレイもまた追いつめられたまなざしで、

「ではこのまま王都に向かおうとすれば、かならずやどこかに敵が待ち伏せているというのですか?」

「どこかにというなら――」

ガイウスが唐突に声をとだえさせる。

そして風を切るように、木立の奥をふりむいた。

「――敵だ!」

そう叫ぶなりアレクシアの腰をすくいとり、愛馬セルキスの背にひきとって、我が身を楯《たて》にした。アレクシアの馬の足許では、地に刺さったばかりの矢が揺れている。

「木立を抜けて散るんだ!　急げ!」

敵の姿は見えず、こちらは左右の木立に逃げ道を塞《ふさ》がれていては、先遣隊と同様の運命をたどるしかない。

あちこちで甲高《かんだか》い馬の嘶《いなな》きがあがり、ともかくもめいめいが活路を求めて動きだす。

ガイウスはいち早くセルキスを走らせながら、我が身をかぶせたアレクシアの耳許にささやきかける。

「そのまま決して顔をあげないで。いいですね」

「――承知した」

身を伏せたまま状況をつかもうとすると、なんとか馬に飛び乗ったアシュレイがこちらに続いていた。騎兵隊の半数ほどが、木立を王都方面に抜けようとしている。

人数は減ったが、このまま追っ手をふりきることができるだろうか。

しかし芽生えかけた希望は、またたくまに蹴散らされた。

ガイウスが手綱をひき、セルキスが棹立《さおだ》ちになって足をとめる。その行く手を、黒装束の騎馬の一群がずらりと塞いでいた。

「そんな……」

呆然《ぼうぜん》としたのはアレクシアだけではない。ガイウスも、どうにかここまでたどりついたアシュレイやタウンゼント、他の騎兵隊の面々も、愕然《がくぜん》と動きをとめている。

じわりと影がぶれるように、敵が距離をつめてくる。

そのときアシュレイが言った。

「我々が楯になります」

「え？」

対峙《たいじ》する敵から目を離さぬまま、アシュレイは口を動かす。

「あなたの同乗するセルキスを中心に据《す》え、前後左右を我々の馬で護ります。その陣形を崩さぬまま疾走《しつそう》して、壁を突破したらそれぞれに散って逃げのびるんです」

「だ、だがそんなことをしたら、先陣をきる者が傷を負うことになる」

「いたしかたありません」

「そんなこと――」

「アレクシア。きみはなんとしてもこの場を切り抜け、王都にたどりつかねばならない。それが王女として生きることを選んだきみの使命なんだ」

親しい口調で、だからこそ胸に刺さる厳しさで、アシュレイが告げる。

たまらずガイウスをふりあおぐと、ちいさなうなずきがかえされた。

「あの壁は単騎それぞれに相手をしても、犠牲が増えるだけです。試してみる価値はあります」

「──わかった」

すぐさま十騎ほどが陣形を組み、準備はととのった。

ざらりと両陣で抜きあった長剣が、ほのかな黎明《れいめい》に浮かびあがる。

「──行くぞ」

ガイウスが号令をかけ、馬たちの蹄《ひづめ》が土をとらえた。常歩《なみあし》から速歩《はやあし》、駈歩《かけあし》からまたたくまに疾走する襲歩《しゅうほ》の群れが、大地を揺るがせて敵陣に突進する。

焔《ほのお》のごとくなびくたてがみ。心の臓をつかみゆさぶる躍動。

そしてついに加速が頂点に達したとき、ふり抜いた剣と剣のぶつかる衝撃が、アレクシアの鼓膜をひき裂いた。

「っ！」

しびれる余韻《よいん》に耐え、やがておそるおそる、伏していた顔をあげる。

するとそこには、おもいもよらない光景が待っていた。一心不乱にかけあがった丘の先には、騎兵を含めた歩兵の大隊がそこここに火を焚《た》いて駐留していたのだ。

ガイウスが肩で荒い呼吸をくりかえしながら、

「あれは……あの旗は、バクセンデイル侯のものです」

またもアレクシアは、心の臓を握り潰《つぶ》される心地になる。

バクセンデイル侯といえば、亡きエリアスの母方の祖父にして、摂政《せっしょう》である。

そしてエリアスに毒を盛ったかどで、アレクシアを糾弾《きゅうだん》していたはずではなかったか。

そのバクセンデイル侯が、あえてこの地に私兵をさしむけているのであれば。

「侯は兄上に与《くみ》されたのか」

まさに幾重もの絶望に、アレクシアが打ちひしがれかけたとき、

「お待ちください。どうやらそうではなさそうです」

ガイウスが注意をうながした先に目をやり、アレクシアは息をとめた。

「あれはわたしの……」

高々とかかげられた旗章《きしょう》に縫い取られているのは、たしかにアレクシアの綴《つづ》りを組みあわせた印章だった。

おのずと一行の馬首はそちらに向けられる。

アシュレイもやや上体をふらつかせながらも、ちゃんとついてきている。落馬等で欠け

た者は、どうやらひとりもいないようだ。

ほどなく部隊にも動きがあり、急いで歩みでてきたのは、バクセンデイル侯だった。もともと枯れ枝のような風情の老臣であったが、しばらく見ぬうちによりやつれたようだ。やはりエリアスを亡くしたばかりだからだろうか。しかしそれでも、侯のまなざしは鋭い光をなくしてはいなかった。

「アレクシア王女殿下」

ためらいなく膝《ひざ》を折る侯をまえにして、アレクシアも下馬する。

「バクセンデイル侯。まさかここでお会いできるとは」

「遅ればせながら、加勢にかけつけた次第です」

「ですがあなたは……」

エリアスに毒を盛ったのは、アレクシアやグレンスター家であると、こちらを目の仇《かたき》にしていたはずだ。

しかし侯は痛みのにじむ苦笑を頰《ほお》によぎらせる。

「息をひきとるまぎわのエリアス殿下に、どうか目を醒《さ》ますようにとお叱《しか》りを受けましたゆえ」

「そう……ですか」

エリアスが死にぎわにその言葉を遺《のこ》してくれたこと。その訴えに侯のわだかまりを砕くだけの力があったこと。そんなささやかな事実のひとつひとつが、アレクシアの胸に深く染み渡る。

「しかしこれだけの供で、王都に入城なさるおつもりでいたのですか？」

「はい。どうしても朝までに王都にたどりつかなければならなくて」

アレクシアは手短に状況を説明する。

ディアナやグレンスター公の処刑が迫っているらしいこと。そしてこちらの動きを妨害するために、おそらくはウィラードのさしむけた兵に襲撃を受けたこと。

するとガイウスがおもむろに、おもいがけない情報をもたらした。

「あの者らの身のこなしには既視感《きしかん》がありました。おそらくローレンシア行きの艦隊を襲撃した賊《ぞく》も、さきほどの者らと縁があるはずです」

アレクシアとともに、バクセンデイル侯も目をみはる。

「王都ではその襲撃にウィラード殿下が関与しているとの噂があるが、奴らを生かして捕らえることができれば、有力な手がかりになろうということか」

「追跡をお願いできますか」

「むろんだ」

さっそく侯が指示を飛ばし、夜明けの迫る丘のふもとは、にわかにあわただしくなる。

「して王女殿下はどうなさいます。一刻も早く王都においでになりたいのであれば、バクセンデイルの騎兵と馬をお貸しいたします。わたしも残りの兵を連れて、すぐにあとを追いましょう」

「助かります」

アレクシアはようやく安堵《あんど》の息をつく。

そして大胆な作戦を成功させたアシュレイにあらためて感謝を伝えるべく、まだ騎乗のままの彼にかけよった。

「アシュレイ。そなたのおかげで窮地《きゅうち》を切り抜けることができた。いくら礼を述べてもたりないくらいだ。どこか怪我《けが》などしてはいないか？」

「礼など……たいしたことでは……」

アシュレイの声は、ほとんど聴き取れなかった。かすかな笑みを宿らせる、その表情がふとうつろになる。

「アシュレイ！」

とたんにアシュレイの上体はぐらりとかしいだ。とっさに腕をのばしたガイウスの支えで、なんとか地に激突することだけはまぬがれる。

うろたえるアレクシアのそばで、アシュレイの身体《からだ》を検《あらた》めたガイウスが、まなざしを険しくした。

「脇腹から袈裟《けさ》懸《が》けに斬りあげられていますね。これは早く止血をしないと」

すぐさま医師が呼ばれ、横たえられたアシュレイの上衣を切り裂いて、応急処置がほどこされていく。出血がひどいためだろうか、金髪の乱れかかった頬は蒼ざめ、刻々と命のともしびが光をなくしていくかのようだ。

アレクシアはたまらずひざまずき、アシュレイの手をとった。

「アシュレイ。これくらいの怪我はなんてことない。ガイウスなんて背をばっさり斬られても、数日でぴんぴんしていたんだから」

「それは……彼が並みではないから……」

「そうかもしれないが」

焦点の定まらない瞳を、なんとかつなぎとめようと語りかける。

「ディアナをともに救いにいかなければ。そうだろう？」

「その務めはきみに託すよ」

「アシュレイ」

「だからほら……早く発《た》つんだ。ディアナはもうずっと、きみの帰還を待ち続けていたのだから」

「そなたのことだって」

「……ごめん……」

誰ともなくつぶやいたきり、アシュレイの手から砂が流れるように力が失せる。

「アシュレイ！　アシュレイ！」

アレクシアは必死に呼びかける。

そのかたわらにタウンゼントが膝をついた。

「王女殿下。ここはわたしに任せて先をお急ぎください。それこそが若さまの犠牲に報《むく》いることになるものとお心得を」

そう叱咤《しった》されて、アレクシアはくちびるをかみしめる。

両手につつんだアシュレイの指先を額《ひたい》に押しあて、

「そなたの願い――しかと受け取った」

ささやくなり身をひるがえした。

4

ついに一睡もせぬままに夜が明けた。

生まれてこのかた、これほどまでに夜明けを憎んだことがあるだろうか。

リーランドはなすすべもなく、ざわつきだす王都の街並みを睨《にら》みつけるしかない。

そんな心境をおもんぱかってのことだろう、宮廷画家のカルヴィーノ師が早朝にもかかわらず、続報を伝えにきてくれた。

「まずい状況だな。やはりウィラード殿下は、本日中にすべてのかたをつけるおつもりのようだ」

「すべてというのは？」

「まずは王女殿下の後見人であるグレンスター公を処刑することで、アレクシア派の意気を挫く。そして進攻するアレクシア軍から諸侯を護るという名目で議事堂を封鎖し、セラフィーナさまを継承者とする議決にこぎつける」

リーランドは目をみはる。

「つまり武力で諸侯を脅すわけですか？」

「そういうことだな。そして王女殿下を正式に反逆者とみなしたうえで、正規軍でもって迎え撃つ。王女殿下が先に王都に戻られたら、その計画がなにもかも崩れてしまうというわけだ」

「だからディアナたちの処刑を、これほどまでに急いだんですね」

カルヴィーノ師はうなずき、肩を落とす。

「わたしも言葉にならないよ」

議決の翌日が執行とは信じがたい。カルヴィーノ師が急ぎ知らせてくれなければ、そうと気がつかないままに処刑の瞬間を迎えることもありえた。

それになにより、ディアナの心境を考えるとたまらない。

ノアも目を赤くして、寝台に膝をかかえている。

「姫さまはどこでなにしてるんだよ」

「そろそろ入城してもおかしくない時期なんだがな」

「いくら近くまで来てたって、ディアナが殺されちゃおしまいじゃないか！」

もどかしさにノアが泣き叫びたくなるのもよくわかる。

するとカルヴィーノ師がふとこぼした。

「近くまでといえば、すでに北からアンドルーズ侯の軍勢が、王都に馳《は》せ参じつつあるとの噂を耳にしたばかりだが」

リーランドははっとして顔をあげる。

「アンドルーズというと、姫さまの護衛官の？」

「その父君の率いる私兵だな」

「それはつまり……」

「なにより頼もしい、王女殿下のお味方ということになる」

それは朗報だ。

リーランドはほのかな光明にすがるように、

「アンドルーズの兵がかけつければ、議事堂の封鎖にも対抗できますか？」

「そのはずだ。しかし封鎖の計画をあらかじめ伝えないことには、いくら武門で名高いアンドルーズといえど、迅速な行動はとれないだろう」

「アンドルーズ邸に出向いて、状況を説明するのはどうです？　そちらから伝令を走らせてもらうんです」

「ふむ。たしかに侯が軍勢を率いているなら、ご子息が邸宅を守っているだろうが、あいにくわたしはあの一族とはつきあいがないものでね」

「伝手《つて》ならあります」

「きみに？」

リーランドは力強くうなずいた。

次男のルーファスがいるのなら、面識のあるロニーが使える。

半信半疑でもいい、とにかく急いで知らせてくれさえすれば道は拓《ひら》ける。

「なんとか封鎖を解いて、強制的な採決に持ちこまれるのを阻止しているうちに、姫さまが入城をはたしてくれれば……」

「しかしどこぞで足どめをされている可能性も、ないとはいえないな」

「足どめ？」

「王女殿下を王都に近づけさせないための、妨害工作だよ」

「ありそうなことですね……」

そしてリーランドはひらめいた。

「その妨害が、王都内でしかけられることもありえるでしょうか」

「ふむ。あまりに水際だが、だからこそ要所を押さえた対策がとれるともいえるね。様子をうかがいにいくつもりかい？」

「このままなにもできずに処刑を待つだけなんて、性にあわないので」

リーランドはぎこちなく口の端をあげる。

するとノアがすんと鼻を鳴らした。

「リーランド。おれたちにまだできることがあるのか？」

「それをさぐりにいくのさ。おまえもくるか？」

ノアはぐいと目許をぬぐい、立ちあがる。

「――当然」

5

ついに一睡もせぬままに夜が明けた。

地震も火事もなく、刑のとりやめもアレクシア帰還の報もなく、朝はやってきた。

そうなってみてようやく、自分も人並みに奇跡を期待していたのだと気がつく。

それがなんだか意外で、ディアナはどこか愉快な気分で身支度を終えた。

外光のまばゆさに目を細めながら、護送馬車に乗りこむ。

するとそこには先客がいた。

「グレンスター公」

「しばらくだな」

簡素なシャツにホーズ姿のせいか、別人のような印象にとまどわされる。あたかも鎧《よろい》を脱いだように、向けられたまなざしはいつになくおだやかなものだった。

ディアナはおちつかない心地で、反対の壁際に腰をおろす。

グレンスター公はおもむろに問うた。

「獄中でひどい目に遭わされはしなかったか」

「それは……大丈夫です」

「ならばよかった」

いつにない気遣いにめんくらう。

そのときぐらりと車輪が動きだした。たまらず壁にすがりつくと、

「おちつけ。処刑場まで十分はかかる」

眉をひそめてたしなめられる。

「おちついてます」

「そうであろうか」

憮然《ぶぜん》とするグレンスター公は、まさかこちらの心境を案じてくれているのだろうか。

ぎこちない沈黙をもてあましたように、公は目を伏せたまましきりだした。

「わたしはおまえに謝らなければならない」

ディアナはきょとんとする。

「なにをですか」

「わたしがおまえに強《し》いた、さまざまなことをだ」

「え……と」

手応《てごた》えのない反応にじれたのか、グレンスター公は語りだす。

「アシュレイに叱られた。わたしは妄執に憑《つ》かれているのだと。その報いを受けるのならかまわないが、おまえを道連れにすることは悔やまれてならない」

いまさらなぜそんなことを。すべてが手遅れではないか。

そんなふうに責め、あざわらう言葉が浮かばないでもない。だがそれはディアナの実感とはいくらか異なるものだった。おそらくはグレンスター公の執着とやらに、困惑や嫌悪ではないなにかを感じているからだろう。

その理由をいまこそ訊《き》いてみたい気もしたが、やめておくことにする。十分やそこらでは受けとめきれないだろう感情とともに　この世を去りたくはない。

「いいんです。あたしはもともと死にぞこないですから」

あえてさばさばと、ディアナは言った。

「死にぞこない？」

「はい。だって生まれ育った修道院を焼けだされたり、貧民窟《くつ》でいつ飢《う》え死にしてもおかしくないような暮らしをしていたり、本当ならそこで死んでいたほうが正しい運命だったのかもしれません。だからいままで楽しく生きてこれただけで、充分お釣りがくるんじゃないかって感じるくらいで――」

「そんなことは言うな」

グレンスター公がさえぎった。そして絞りだすように続けた。

「おまえが死んでいたほうが正しかったなどと、言ってくれるな」

ディアナは目を伏せ、うなずいた。

「……そうですね」

ディアナはいまこそしみじみと感じる。

グレンスター公にとっての自分は、おそらくアレクシアとも誰とも替えの利かない存在だ。それが伝わってくることが、きっと自分は嬉《うれ》しかったのだと。

車壁越しに、街路のざわめきが増してくる。

そろそろ処刑台が近づいてきたのだろうか。

その喧噪《けんそう》にまぎれこませるように、グレンスター公はささやいた。

「よいか。希望を捨てるな」

6

急げ。急げ。

次の鐘が鳴りだしたときに、ディアナの命は終わるのだ。

警鐘《けいしょう》のように打ちつけるみずからの鼓動《こどう》にすら、アレクシアは気も狂わんばかりに怯えずにはいられない。

アレクシアの旗章をかかげた十数騎の一群は、南の街道を疾走していた。

王都ランドールの偉容は、すでに霞《かすみ》をまといながら浮かびあがっている。

「このままランドール大橋を越えますか」

「そうしよう」

ガイウスに問われ、アレクシアは即決した。

処刑場に至るには、リール河の北岸に渡らなければならない。南の街道からでは、直進して橋をめざすのが最短距離になるはずだ。

ついに市街地に到達すると、驚く市民たちの姿がみるまに左右に流れて、色とりどりの洪水となる。

するとと騎兵のひとりが、ふとけげんな声をあげた。

「あれはなんだ」

見れば橋まで続く街路の真正面を、妙な男がふさいでいる。ずいぶん長身の男だと思いきや、青年に肩車をされた少年が、なぜか両手をふりまわしているのだった。

「ノア？」

「リーランドか！」

その正体を見て取り、アレクシアとガイウスはなおさら度肝《どぎも》を抜かれる。

するとやにわにリーランドが声を張りあげた。

「大橋は横転事故で走り抜けできない。遠まわりだが東に迂回《うかい》しろ！」

「姫さま急げ！」

ノアにもたたみかけられ、アレクシアは反射的に従った。

「――承知した！」

ほとんど減速もせず、指示どおりに迂回路を採《と》る。

橋で立往生《たちおうじょう》させるのも、おそらくは妨害策のうちなのだろう。

なんとしてもディアナの命をつなぎとめようとするふたりの意志をあらためて背負い、アレクシアは一心不乱に先を急ぎ続ける。

7

木組みの処刑台からは、リール河のきらめきがうかがえる。

グレンスター公ともどもうしろ手に両手首を縛られ、群衆に向かってひざまずかされたディアナの頭を占めているのは、先刻のひとことばかりだった。

希望を捨てるな――グレンスター公はそう伝えた。

手がかりがなにもないまま、期待と不安がめまぐるしく交錯《こうさく》して溺《おぼ》れそうだ。

そんなディアナを、貴賓《きひん》席のセラフィーナが、視線の隅にとらえている。

そしていまひとりの王族ウィラードは、みずから罪状を読みあげていた。

「この者――グレンスター公爵家のセオバルドは、おのれが後見を務める王女アレクシアと共謀のうえ、残酷にも王太子エリアスを死に至らしめた。継承法に基づけば、エリアスの死により王位はアレクシアに移るとあり、その明白な動機に疑いを差し挟む余地はないといえよう」

冷涼なまなざしに熱を宿らせて、朗々《ろうろう》と訴える。

「そしていざアレクシアにその疑惑が浮かびあがるやいなや、遠縁の娘ディアナに王女を名乗らせた。王族の僭称は、いかなる理由においても許されざること。しかしそれ以上に悪辣《あくらつ》なのは、この娘におのれの罪をかぶせてはばからないアレクシアではないか。おのれに疾《やま》しいところなくば、罪の追及を恐れて身を隠す必要がどこにあろうか」

問いかけられた群衆が固唾を呑んで、導かれる結論を待っている。

「僭称が極刑に処されると承知で身代わりをつとめさせ、いまなお逃げ隠れしている卑劣な王女アレクシアが、真に君主にふさわしい器《うつわ》であれば、いまこそ身代わりの娘のために身を投げだし、減刑を乞《こ》うのが当然ではないだろうか」

ウィラードは群衆をなでるように片腕を広げた。

「しかしどうであろう。憐《あわ》れなこの娘は、逃亡した王女アレクシアの犠牲になるしかないのだ。ガーランドの未来を憂《うれ》い、わたしは告発する。かよわきものを手にかけ、見捨てる王族にこそ、罪の裁きを受けさせなければならないと」

流れるような弁舌《べんぜつ》に、みな気を呑まれている。

反対にディアナは、毒に蝕《むしば》まれるように胸が悪くなっていく。

処刑されるふたりよりも、ここにいないアレクシアこそが、誰より反逆者として裁かれるべきと訴えたいようだ。

実際その流れに持ちこむつもりなのだろう。

そのための憐れな犠牲者として、この自分が利用されていることに、血が沸騰するような怒りがこみあげてくる。

耐えきれずに呼吸を乱していると、隣にひざまずくグレンスター公がささやいた。

「おちつけ。妄言に耳をかたむけるな」

その声でわずかに頭が冷える。

しかしおちつこうとおちつくまいと、演説が終われば待つのは刑の執行だ。

黒服の処刑人がついに斧《おの》を持ちあげて、ディアナは凍りつく。

介添え役が折りたたんだ布をさしだしながら、

「お目隠しを」

「いらん」

迷わず断るグレンスター公に対し、自分はどうするべきか、もはやなにも考えられなくなる。

声をだせずにいるうちに、背後から手をまわされて、視界が布に覆《おお》われた。

そして――時鐘《じしよう》が鳴った。

一。二。三。四。五。六。七。八。九――。

その余韻も醒めやらぬまに、肩を並べたグレンスター公が断頭台に押さえつけられるのがわかった。

「――すまない」

無念のささやきが耳に忍びこむ。

「嘘《うそ》……そんな……やめてよ」
次の刹那《せつな》──なにかがひゅうと風をきり、頬にあたたかいものが散った。
どさりと鈍い音がしたきり、しばらくはなんの音もしなかった。
歓声もない。それともすでに自分の耳が、尋常の機能をなくしているのだろうか。
「処刑人」
ウィラードが呼びかけたのを契機に、音がよみがえった。
衣擦《きぬず》れ。靴音。左右から腕をつかまれ、ぐらりと上体を倒される。
とたんにむせかえるような血の匂いに脳を灼《や》かれた。
「────っ」
いまこそ悲鳴をあげたいのに、喉《のど》が潰れたように、息を洩らすこともできない。
こんなのは嫌だ。こんなふうにひとりで死ぬのは嫌だ。
アレクシア。アシュレイ。リーランド。ノア。
誰か助けて。あたしを見捨てないで。
伏せた首のすぐ脇に、誰かが立ちはだかった。ごとりと斧の先が持ちあげられる。
すでに閉ざされた視界の裏で、ディアナは反射的に目をつむる。
そのときだった。
けたたましい指笛の音が空を切り裂いた。

それは群衆からではなく、より遠くから、小鳥の群れのようにあちこちで啼《な》きかわしながらこちらに近づいてくるのだった。

「処刑人」

ふたたびウィラードが処刑をうながす。しかしざわめきだした群衆をまえに、処刑人はもはや動きだそうとはしなかった。

ディアナにはなにも見えない。聴こえるのは――聴こえるのは馬蹄《ばてい》が石畳《いしだたみ》を叩く音。

疾走する騎馬の音だ。その騎馬の一群が、みるまにこちらにかけつけてくる。

「王女殿下が！」

「アレクシアさまだ！」

「やはりおいでになった！」

湧きあがる喜びのささやきが、そこかしこで渦《うず》を生んで歓声を生んでいく。

つまりあの指笛は、王女の帰還にいち早く気づいた者たちが、次々と福音を知らせようとする連鎖のさえずりなのか。

やがて速度をゆるめ、処刑台のまえであわただしく馬首をかえした誰かが、まろぶように階段をのぼってくる。

その歩みをとめるものは、誰ひとりとしていなかった。

足音の主はまっすぐこちらをめざし、くずおれるように膝をつくやいなや声もかけずにディアナをだきしめた。

「ディアナ！　ディアナ！」

「…………っ」

その名を呼びたいのに声がでない。

「遅くなってすまない」

目隠しを解きながら、彼女はすまないすまないとくりかえす。

はらりと布が落ち、おそるおそる瞼《まぶた》をあげると、涙に潤んだ緑柱石《エメラルド》の瞳が真正面からこちらをのぞきこんでいた。

「ア…………シア」

「もう大丈夫だ」

「アレクシア」

「そうだ。あとはわたしの役目だ」

呆然としたままのディアナにうなずき、アレクシアは立ちあがった。裾《すそ》をさばいて群衆に向きなおる。

ふらつく上体でなんとかアレクシアの姿を追うと、驚くべきことに漆黒《しっこく》の衣裳《いしょう》に身をつつんでいた。

あれは……喪服だろうか？　アレクシアの背でたなびく金髪が、まるで天馬の羽のように輝いている。その黒い天使の影のごとく、あの護衛官が——アンドルーズ家のガイウスが従っている。

騎兵隊の旗手《きしゅ》がかかげ、颯爽《さっそう》とひるがえる旗章は、まちがいない。アレクシアの印章を縫い取ったものだ。

アレクシアはついに凛然と名乗りをあげた。

「わたしはデュランダル王家のアレクシア。おそれながらランドール市民のみなさまにお伝えしたき儀があり、この場をお借りいたします」

一段と声を張りあげ、語りかける。

「わたしにかけられている疑い——最愛の弟エリアスを弑《しい》したとはまったくの事実無根。しかしながら身の証《あかし》をたてる手だてはなく、いずれ反逆者の汚名を着せられることは明らかでした。なぜなら——」

アレクシアは群衆のひとりひとりに訴えるように、視線をめぐらせる。

「なぜならわたしを陥《おとしい》れようとする者こそ、エリアスを手にかけた者であったからです。エリアスを弑し、わたしを反逆者とすれば、すべてを手にすることができる者」

その者はディアナのすぐそばにいる。

だが恐ろしさにふりむくことはできなかった。

「その者が玉座につくことは認めがたく、それゆえにわたしはみずから即位を宣言せざるをえませんでした。グレンスター公もこの身代わりを務める娘も、その目的を達成するための大切な同志なのです」

大切な同志。あくまで市民を納得させるための言葉だと理解していても、新鮮な響きにすがすがしさがこみあげる。

「そもそもわたしは、ローレンシアに向かう航海においても、何者かに命を狙われておりました」

とたんにあらたなざわめきが、さざなみのごとくぶつかりあう。

「そしてまさに今朝のこと、同志を救うべく王都にかけつけるわたしを妨害し、あまつさえ命を奪おうとする刺客がおりました。その刺客は、航海のさなかにわたしの暗殺を試みた者たちであったのです」

アレクシアは痛みをこらえるように目を伏せる。

しかしふたたび決意に満ちたまなざしをあげると、

「もはやみなさまもおわかりでしょう。君主にふさわしくない反逆者に、わたしを仕立てあげようとしたのが、どなたであったか」

不穏な熱を帯びたあまたの視線が、処刑台の一点に向けられる。

そしてウィラードは押し殺すようにささやいた。

「……そのような言いがかりのみで、わたしを陥れたつもりか」

「いいえ。ですが刺客はすでにバクセンデイル侯が捕らえておりますので、じきに黒幕の名もあきらかになるでしょう」

アレクシアもまたささやきかえす。冷静でありながら、怒りと悲しみも感じられる声色《こわいろ》だった。

「しかしいまごろ議会では、おまえを反逆者と正式に認め、セラフィーナを王位継承者とする決議がでている。ここでおまえがいくら足搔《あが》いたところで手遅れだ」

「決議が……」

アレクシアの瞳に動揺が走る。

「そうだ。おまえはすでに反逆者として捕縛を待つ身だ。みずからその手間を省《はぶ》くことになったな。——衛兵。即刻この者を捕らえよ」

ウィラードが高らかに号令をかけたときである。

王宮の方角から、騎乗の衛兵がかけつけてきた。乱れた息をととのえるまもなく、

「ご報告いたします！　ただいま議事堂にて、議会の進行を妨害せしめんとする武装勢力が堂内になだれこみ、激しい戦闘を制して議会を占拠しつつあるとのこと！」

ウィラードがたちまち顔色を変える。

「封鎖が破られただと？　いったい何者の仕業だ？」

「それが、アンドルーズ家の私兵であるようだと」

とたんにウィラードが風をきる勢いでガイウスをふりむいた。

「貴様のさしがねか――」

そしてその右手が激情のままに剣を抜きかけるとみるやいなや、その懐に飛びこんだガイウスが一瞬にしてウィラードを捻《ね》じ伏せた。

「父の独自の判断でしょう。議会の封鎖など、議会政治の理念に真っ向から反する卑劣な手段。みずからガーランドに仇《あだ》なす者であると宣言しているようなものだ」

「――――っ！」

ウィラードが怒りに目許を紅潮させる。

だがガイウスは冷徹に命じた。

「衛兵。ウィラード殿下とセラフィーナ殿下を、反逆の容疑でお連れしろ」

その鋭さに呑まれた衛兵が、即座にふたりをひきたてようとする。

しかし貴賓席のセラフィーナは、

「お放しなさい」

つかまれた腕を毅然《きぜん》とふりはらった。

「わたくしはなにも存じません。すべてはわたくしのあずかり知らぬことです」

その科白《せりふ》を耳にしたとたん、ウィラードがかすかに頬をこわばらせる。

しかしセラフィーナは、そちらに目を向けもしなかった。

「その詮議のためにも、どうぞご同行いただきたい」

ガイウスは断固として告げる。

セラフィーナはそれを一瞥《いちべつ》すると、やがてすべての感情を閉じこめたような面持《おもも》ちで、階段を降り始めた。

セラフィーナは保身のために、無関係を主張するつもりだろうか。しかし陰謀に担《かつ》がれた時点で、彼女の地位もおそらくいままでどおりとはいかないだろう。

組んだ相手が悪かった。だがこの結末は、彼女自身が望んで手を染めたことの結果でもあるのだ。

アレクシアがふたたび群衆に向きなおる。

「いまひとつみなさまにお伝えしたいことがあります。わたしはこれまでエルドレッド王の娘として、エリアス王太子の姉として生きてまいりました。王女としてのわたしは、弟の死にいまも打ちひしがれております。この哀《かな》しみは一生涯にわたって癒《い》えることがないとも感じられます」

その哀しみを呑みこむように、アレクシアは深く息を継いだ。

決然とまなざしをあげ、語りかける。

「ですからわたしはいまこそ、愛する祖国ガーランドのために生まれ変わらなければなりません。ガーランドの喜びはわたしの喜び、ガーランドの哀しみはわたしの哀しみ、わたしは女王として、より善き統治にすべてを捧《ささ》げ、奉仕いたします。それゆえこれは、王女としてのわたしの遺言でもあります」

アレクシアはおもむろにガイウスから短剣を受けとる。

そしてうなじの髪を片手でひとつにまとめると、

「王女アレクシアはいまより永の眠りにつきます。我が屍《しかばね》が、あらたなるガーランドの礎《いしずえ》とならんことを」

ひと息にざくりと切り落として高くかかげてみせる。悲鳴と歓声が交錯し、風にさらわれ舞い散った黄金の髪に、たちまち人々が群がった。

アレクシアはしばしそれを見届けてから、ようやくこちらをふりむいた。

「ディアナ」

「終わったの？」

「うん。終わりだ」

「いまの髪って……」

「切ったものを結びつけて、また切った」

そしてはにかむように笑んでみせた。

「いささか演出過剰だったかな」

終章

1

一時は騒然としていた王都も、半月がすぎておちついてきた。

アレクシアの援軍が続々と王都に入城し、しばらくはウィラードの計画に加担していた者たちの検挙や、小競《こぜ》りあいも続いた。

それがようやくひと段落し、諸侯を集めた宮廷でアレクシアがあらためて演説をおこない、市内にも女王誕生の祝賀気分が広がりつつある。

そうした状況を、ディアナはすべてグレンスター邸で耳にした。

危うく処刑を免《まぬが》れたあの日から、ディアナはここに居候《いそうろう》している。

もはや王宮に戻る意味はないし、不用意に出歩くわけにもいかず、当面は息をひそめるように暮らすしかなかった。

そして彼もまた、いまだ自室からでることもままならない身だった。

「あなたも踏んだり蹴ったりね」

寝台のアシュレイに、ディアナは淹《い》れたての香茶をさしだした。

「窓から落ちたり、剣でばっさり斬《き》られたり、あたしにかかわるときっと碌《ろく》な目に遭わないのよ」

「そうでもないよ。こうして毎日きみにかいがいしく看病してもらえるしね」

にこりと笑いかけられ、ディアナはたちまち顔をしかめる。

「やめてよね。好きでやってるわけじゃないんだから」

「嫌なら無理はしなくても」

「そうじゃなくて」

ディアナはもどかしく言いかえす。

「看病しなきゃならないような怪我《けが》なんて、そもそもしてほしくないってことよ。それにいまはこのお屋敷にお世話になってるんだから、なにかできることがしたいの。食い扶持《ぶち》にもならないだろうけど」

「でも本来きみは、ここで堂々と暮らして当然の生まれなのに」

「だとしても、いきなりそんなふうにはね」

ディアナは肩をすくめる。そしてあらためてしみじみとアシュレイを見遣《みや》った。

「そういえばあたしたちって従兄妹《いとこ》なのよね」

あれから一度だけ、夜にグレンスター邸をおとずれたアレクシアと、ふたりきりで語りあった。

長い長い話になった。

アレクシアとディアナの出生の因縁《いんねん》。

おたがいが入れ替わっていた時期の、さまざまな経験。

決して楽しい話ばかりではなかった。

それぞれに身近な者をなくし、親族が傷つけたり、傷つけられたり。

ディアナにとっては、すでに《白鳥座《はくちょう》》の仲間たちが命を絶たれていたことが、一番の衝撃だった。ひたすら打ちのめされ、いまだ立ちなおれそうにはない。

おそらくグレンスター公は、護送中にこのことを謝りたかったのだろう。アシュレイが知ったときには手遅れだったという弁解も、信じてはいる。

それでもまったくわだかまりがないとはいえない。もしグレンスター公がいまも生きていたら、とても顔をあわせられはしなかった。

「そんなに似てる気もしないけど、カルヴィーノ師ならなにか特徴を見抜いたりできるのかしら」

「宮廷画家のカルヴィーノ師か。彼がきみの仲間と力をあわせて、王都の風向きを変えてくれたのだったね」

「ええ。あの一枚刷り《ブロードサイド》がなかったら、いくらアレクシアでも言葉だけで群衆の心を動かすのは難しかったかもしれないわ」

先日グレンスター邸をたずねてきたカルヴィーノ師が、協力の経緯とリーランドたちの近況を教えてくれた。ディアナがこの屋敷に身を隠していることを、アレクシアから伝えられたという。

「きみの仲間が、きみとアレクシアの窮地《きゅうち》を救ったんだね」

アシュレイのまなざしが苦い後悔に染まる。その仲間とはまさに《白鳥座》の生き残りにほかならない。

ディアナは目を伏せ、ささやいた。

「それはあなたもでしょう。アレクシアが言ってたわ。あなたが犠牲をいとわずに、いち早く覚悟を決めたおかげで、なんとかまにあわせることができたって。結局まにあったのは、あたしだけだったけど……」

「それも父の定めだったのかもしれない」

アシュレイはかみしめるように口にする。

「おのれの所業にけじめをつけるという意味でも、覚悟はできていたと思う」

それならまだ救われるだろうか。グレンスター公に対する感情は、とてもひとことでは言い表せない。

「そういえば父は、きみを養子にすることも考えていたようだ」

「養子？」

「きみのその姿から、王家との血のつながりが疑われるのは当然だ。それがきみに災《わざわ》いをもたらさないよう、目眩《めくら》ましとしてグレンスターの血を強調するのが得策なのではないかとね」

「あたしをあなたの妹にするの？」

「それは困る。……じゃなくて父が議会で説明したように、グレンスター家の遠縁の娘として、便宜的《べんぎ》に使える名を用意するということさ」

「あなたの意見は？」

「ぼくも賛成だ。きみには災難でしかないだろうけれど、アレクシアの身代わりを務めるほどのきみを、なんらかの目的で利用しようとする者から守るためにも、家名は牽制《けんせい》になるだろうから」

「そうね……」

「戸籍の件については、ぼくよりもメイナードが詳しいはずだから、相談してみたらどうかな？」

「ん。考えておくわね」

するとと噂《うわさ》をすれば、当のメイナードがやってきた。

「アレクシア王女──女王殿下がおいでになりました。若さまにお見舞いをとのことですが、いかがなさいますか？」

「今日はそなたに誘いがあってきたんだ」

ひととおり見舞いのやりとりをすませると、アレクシアは本題をきりだした。

「怪我から快復したら、秘書官のひとりに加わるつもりはないだろうか」

「きみの秘書官に？」

「そうだ。枢密院《すうみついん》に名を連ねるには実績がないが、グレンスター公の補佐役を担《にな》ってきたそなたなら、充分にわたしの側近が務まるものと思うのだが」

するとアシュレイはとまどいをあらわにした。

「けれどグレンスター家は、取り潰《つぶ》しも当然の所業を……」

「そのつもりはないと伝えたはずだ」

もちろんグレンスターの謀略は、とても許されるものではない。

だが亡き姉メリルローズ妃の望みを叶えたいという動機は、アレクシアにとっても他人事ではない。

生《な》さぬ仲であり、真の生まれを知るなり憎悪された娘ではあるが、それでもアレクシアにとってはただひとり母と感じられる存在なのである。

「むしろ公《おおやけ》には、グレンスター公の功に報《むく》いなければ。息子の代になったからといって冷遇するのもおかしいし、そなたなら気心も知れている」

「こちらの秘密を握っているから、好きに動かせると？」

「そう取ってくれてもかまわない」

一度は命を狙い、狙われた者同士として、わだかまりを完全に払拭《ふっしょく》することは難しいのかもしれない。信頼ではなく、弱みを利用されているという結びつきなら納得できるのなら、それでもいい。

「もちろん無理に宮廷に留まれとはいわないが」

「いや……」

アシュレイの迷いはほんのわずかだった。

「謹《つっし》んで末席に名を連ねさせていただくよ」

「ありがとう。頼りにしている」

アレクシアはほほえんだ。

「ではしっかり養生に努めてほしい」

「戴冠《たいかん》式の日取りはもう決まったのかい？」

「あと十日だ。ちょうど諸侯も王都に顔をそろえているし、玉座の空位を長びかせたくないとの声も多くて。そなたも参列できそうか？」

「列席はできるかもしれないけれど、騎乗で列に加わるのは難しいだろうな」

「ではバクセンデイル侯に話を通しておこう。また追って連絡する」

「式典長は今回もバクセンデイル侯なんだね」

「摂政《せっしょう》もな」

もはや後見のグレンスター公がいないこともあり、ひとまずエリアス時代の体制をそのまま採用することにした。

「枢密院の人選も？」

「おおむねは。だがわたしの判断も、おいおい加えていきたい。派閥《はばつ》の争いで宮廷が分裂するのは、もう御免《ごめん》だからな。できるだけ偏《かたよ》りがないよう配慮したうえで、身分にこだわらない人材も積極的に……」

アシュレイの視線を感じて、アレクシアはふと口をつぐむ。

「なにかおかしいか？」

「きみはなんだか生き生きとしているね」

アレクシアは頬《ほお》をこわばらせた。

アシュレイはあわてて釈明する。

「違うんだ。きみが玉座を望んでいたとか、そういうことではなくて。ただきみにはこういう務めが向いていたのかもしれないなと」

感慨深そうに、アシュレイはこちらをながめやる。

「きみがどのような治世を敷くのか楽しみだよ」

「失望されないよう努力しよう」

ふたりは視線をかわし、ほのかに笑んだ。

ふとアシュレイが問う。

「それで彼のことはどうするつもり？」

「彼とは？」

「きみの護衛官殿のことさ。きみたちは好きあっているだろう」

「な、なぜそんなことを」

「本気で訊《き》いている？」

呆《あき》れたようにかえされ、アレクシアは赤面するしかない。

「あれはわたしが望むかぎり、ずっとわたしのそばにいてくれると……」

「けれどきみが女王として即位すれば、すぐにも結婚問題が持ちあがるだろう。当面はローレンシア王太子との婚約をどうするか。それを回避することができても、きみが望みのお相手を選ぶなんてことはできない」

「……うん」

「いずれどこぞの王子や諸侯を王配として迎えることになったとき、それでも彼をそばにおき続けるのかい？」

「それは……」

どちらに対しても不誠実なふるまいだろう。たとえなんら心のともなわない、政略結婚にすぎなかったとしても。

だがガイウスとの関係は、ささいなことで熱したり冷めたりする恋と同等に語れるものではない。アレクシアにとって彼の支えをなくすことは、おそらく片翼をもがれるも同然なのだ。

おもむろにアシュレイが語る。

「父の夢はね、いずれディアナを女王に据《す》え、ぼくをその王配とすることだった。そうすれば生まれる子の血のほとんどは、グレンスターのものになる」

アレクシアはわずかに眉をひそめる。

「そのためにディアナに好かれるようふるまったのか？」

「当初はね。すぐに努力の必要なんてなくなったけれど」

アシュレイはアレクシアをみつめた。

「つまり要点はね、たとえ国内貴族でも王族や公爵家の子息なら、ガーランド女王の王配になれるということさ」

「そう……か」

アンドルーズ侯爵家のガイウスは、その点でもふさわしくない。

「でもきみはその公爵位を与えることができる」

「わたし?」

「君主である女王ならね」

「しかし授爵というのは」

「そう。特別な理由もなしに与えるわけにはいかない。だからね——」

アシュレイは身を乗りだし、ささやいた。

「もしもきみが望むならば、彼に武勲《ぶくん》をあげさせればいい。めざましい、誰もが納得するような武勲を」

「——」

ゆるりと目をみはるアレクシアに、

「まずは手始めに、きみの秘書官としてのささやかな助言だ」

アシュレイがいたずらめいた笑みをかえす。

こんな表情を向けられることは、長らくなかった気がする。

アレクシアはとっさにうつむき、こみあげるものを隠した。

そしてこくりとうなずく。

「――ありがとう。心に留めておこう」


「グレンスターの若造に、嫌みでもぶつけられましたか」

アシュレイの私室を辞しガイウスと廊《ろう》を歩いていると、ふいに問われた。

「え？　なぜ？」

我にかえってふりむけば、

「部屋をあとにするなり、心ここにあらずというご様子ですから」

めざとく指摘されてどきりとする。

「そ……そうかな」

「なにがそうも姫さまのお心をわずらわせているのです？」

おまえだ。

しかしそうとは告げられず、視線を泳がせる。

「たいしたことでは」

「わたしには打ち明けられないことですか？」

「だからそういうことではなく！」

「姫さま」

足をとめたガイウスが身をかがめ、アレクシアの耳許《もと》に手をのばす。

「わたしの目をごまかせると？」

ふたたび短くなった髪を、さわりとかきあげられて、みるまに頬が熱くなる。

もはや絶体絶命——というところで、無遠慮な足音が近づいてきた。

「はいはいはい。そういうのはひとめにつかないところでやってね」

ふたりを見送りにきたディアナである。ガイウスから奪いとるようにアレクシアと腕をからめ、階段を降りていく。

「近いうちにまた会いにきてくれる？」

アレクシアは九死に一生を得た心地で、

「もちろん。だが戴冠の祝宴がひととおり終わるまでは、難しいかもしれない」

「そうよね。あたしも式次第を覚えたり、衣裳の仮縫《いしょう》いとかで忙しかったもの」

「あの衣裳は、どれもそのまま身につけられそうで助かった」

「じゃあ、あたしのおかげで面倒が省《はぶ》けたわけね」

「うん。大手柄だな」

ふたりは顔を見あわせてひとしきり笑いあう。

やがてアレクシアは神妙な面持《おもも》ちで、

「まだ気が早いかもしれないが、これからのことでなにか展望が浮かんだときには、いつでも相談してほしい。できうるかぎり力になるつもりでいるから」

「そうね……さすがにこの顔で処刑台にのぼったばかりだから、ほとぼりが冷めるまではおとなしくしてるつもり。舞台にはまた立ちたいけど」

「アーデンの町に戻るという選択は?」

「それはリーランドたちも考えてないみたい。一座の再建は難しいし、あの町で暮らすのはあたしも辛すぎるから」

ディアナにしてみれば、自分のせいで仲間たちが殺されたも同然だ。その土地に留まり続けるのは、たしかに耐えがたいことかもしれない。

アレクシアはさりげなくきりだした。

「それならこういうのはどうだろう。しばらくガーランド各地の都市を観光がてら、芝居小屋めぐりをするんだ」

「え」

「いっそラングランドや、大陸まで足を延ばしてみてもいい。旅費はすべてこちらが持つし、リーランドとノアを道連れにしてのことだ」

「あのふたりもいいの?」

「もちろん。彼らも立派な功労者だし、アシュレイの賛同も得てきたところだ。長い休暇のつもりで傷心を癒《い》やしてもらえたら、わたしとしてもなぐさめになる。それにこれからも芝居にかかわるつもりなら、そのように見聞を広める経験は決して無駄にはならないと思うのだが、どうだろうか？」

「でも……」

あまりに予想外だったためか、ディアナが即答をためらったときである。

「それは願ってもない褒賞じゃないか」

すでに耳慣れた、しかし意外な声が投げかけられた。

ふたりそろって、弾《はじ》かれるように声の主をたどる。

すると屋敷の玄関口にはリーランドとノア、そしておそらくは仲介の労を取ってくれたのであろうカルヴィーノ師の姿もあった。

「痺《しび》れをきらして会いにきたぜ」

「ディアナ！　それに姫さまもいたのか」

ひらりとリーランドが手をふり、ノアも喜びの声をあげる。

「ふたりとも……」

ディアナはすかさずかけつけようとし、とっさにためらって足をとめた。アレクシアと組んだままの腕が、小刻みにふるえている。

「ごめんね。ごめんなさい。あたしのせいで《白鳥座》のみんなが……」

「馬鹿《ばか》だな。ディアナのせいなわけあるかよ」

そう一蹴《いっしゅう》するなり、ノアがディアナに飛びついた。

涙に暮れるふたりを見守りつつ、アレクシアは安堵《あんど》する。彼らがそばについているかぎり、ディアナはきっと大丈夫だ。

そっと腕をほどいて、リーランドのほうに足を向ける。

「そなたにも本当に世話になったな。あの一枚刷りのために疎遠な親族の手を借りたそうだが、不本意なまねをさせたのではないか？」

リーランドは苦笑する。

「気にしないでください。どちらかといえば溝も浅くなりましたしね。それにいずれ戯曲《ぎきょく》にして元は取るつもりですから」

「それはたくましい。完成したらわたしを第一の読者にしてもらえるか？」

「ガーランド女王にとって不都合な展開を削除させるためにですか？」

「それもある」

アレクシアはくすりと笑い、つと踵《かかと》をあげてリーランドの耳にささやいた。

「長旅を機に、ディアナとの距離を縮めたらどうだ？　そなたの恋敵《こいがたき》は、案外手強《てごわ》いかもしれないぞ？」

2

「セラフィーナ従姉《ねえ》さま」

「あなたはアレクシアね」

「そうです」

つい先日まではディアナが投獄されていたという独房に、アレクシアはセラフィーナをたずねていた。

一度はこうして、ふたりきりで対峙《たいじ》せねばならない相手であった。

粗末な椅子《いす》に腰かけたセラフィーナは、まるで玉座から廷臣《ていしん》を従える女王のようなたたずまいだ。

不覚にも気圧《けお》されそうになり、アレクシアはなんとか踏みとどまる。

「なにかご不自由はありますか」

「なにも」

「お知りになりたいことは」

「なにも」

「……ウィラード兄上の処遇について、お気にかけておいでのものかと」

同じく収獄されているウィラードは、おそらく処刑をまぬがれないだろう。

処刑台でウィラードを糾弾《きゅうだん》した時点で、すでに刺客を捕縛していると伝えたのは、いちかばちかの虚仮威《こけおど》しにすぎなかった。

しかしやがてその刺客からウィラードの名がでたことをきっかけに、彼が艦隊の奇襲に関与していたことも明らかになった。

エリアスの毒殺については決定的な証拠がないが、それをもって反逆罪が確定し、謀略の全容についての取り調べがすみしだい、刑を執行することになるはずだ。

わかってはいたことだが、苦しい。いずれはこの自分が、処刑を命じなければならないだろうことも。

セラフィーナはよどみなく告げる。

「わたくしの地位を利用し、卑劣な謀略に利用しようとした反逆者が、どのような扱いを受けようと興味はありません」

「やはり罪をお認めになるつもりはありませんか」

セラフィーナは一貫して、自分は駒《こま》として勝手に持ちあげられただけという主張を崩していない。

しかしアレクシアはすでに知っている。セラフィーナがどのようにディアナを陥《おとしい》れたのか、どのように打ちのめしたのか。

「わたくしに罪などございませんもの」

「妹を処刑台に追いやったことについてもですか」

対の瞳をアレクシアに据えたまま、セラフィーナはひと呼吸をおいて口にする。

「あなたの父君も同じことをなさいました。お忘れですか？」

ものやわらかな声音《こわね》に、アレクシアは喉首《のど》をつかまれた心地に陥《おちい》る。

たしかに父王エルドレッドは、弟ケンリックを断頭台に送った。

王妃メリルローズと情をかわしたことは、国王に対する裏切りだが、それでも問答無用で命を絶たれるほどの罪とは思われない。王にもその自覚があったからこそ、あるはずのない陰謀をでっちあげたのだ。

だからセラフィーナは復讐《ふくしゅう》を果たしたのか、そういうことにしたいのか、アレクシアにはわからない。

わかるのは、幼き日をともにすごしたセラフィーナとは、とっくの昔に歩む道が分かたれてしまっていたのだろうということだ。

あの日の彼女は、もうこの世にはいない。

それでも目のまえの彼女を痛めつけたい、処刑台に送りたいとまでは、どうしても思えないのだ。

「セラフィーナ従姉さま！」

アレクシアは悲鳴のように訴える。

「どうか罪をお認めくだささい。そうすれば尊厳を保たれたまま、死をお迎えになることができます。刑の執行も非公開として、辱《はずかし》めを受けずにすむようわたしが――」

「ごきげんよう、アレクシア」

ゆるりと鳩尾《みぞおち》に両手を組み、セラフィーナは微笑した。まるで麗《うるわ》しい慈母のごとく。

「ここは女王陛下がみずからおいでになるような場所ではありませんわ」

もう二度と顔をあわせたくはないのだと、言外に伝えられる。

アレクシアは喘《あえ》ぐようにくちびるをわななかせた。

無力感を捻《ね》じ伏せ、なんとか毅然《きぜん》と告げる。

「ではどうぞお覚悟を」

アレクシアは身をひるがえした。

誇り高いはずの女王の足取りは、まるで敗北の将のようであった。

ふたたび閉じた扉の向こうから、鈴のような歌声が追いかけてくる。

それはかつて《小夜啼鳥《さよなき》》が遺《のこ》したという、いにしえの子守唄《うた》だった。

3

「またこちらにおいででしたか」

呆れるような、からかうような声を投げかけられる。

くすりと笑いながら、アレクシアは胸壁《きょうへき》にもたれた。

やわらかな夕空が、下界を淡い黄金色に染めあげている。

「よいではないか。わたしが王女でいられる最後の日なのだから」

「女王になられたら、小夜啼塔にはおいでにならないのですか？」

意外そうに訊きながら、ガイウスが隣に肩を並べる。

「そういうわけではないが、執務が増えて忙しくなるし、わたしが急に姿を消したら困る者もいるだろう」

「平気ですよ。わたしがすぐに捜しだしますから」

アレクシアはふわりと笑んだ。

「それは頼もしいな」

明日はいよいよアレクシアの戴冠式だ。

「無事に戴冠を終えられるか、エリアスが不安がっていたとディアナから聞いたが、いまならよくわかる」

「不安なのですか？」

「予期せぬことはいつでもあるだろう。それに実際エリアスがあのようなことになってしまったし」

「ですが陰謀を企《たくら》んでいたウィラード殿下もセラフィーナさまも、もう宮廷にはおいでになりません」

「そうだな」

アレクシアはぽつりとつぶやく。

「みないなくなってしまった。わたしだけだ」

「ますます大切な御身となりましたね」

「そうだな。だがおまえが守ってくれるのだろう」

「もちろんです」

そこでアレクシアはきりだした。

「そういえばおまえに伝えるのを忘れていたことがある」

「なんでしょう」

「うん。じつはそろそろ、おまえの護衛官の任を解こうかと考えていたんだ」

「え……」

ガイウスが呆然《ぼうぜん》とした。

「それはいったい、どのようなご心境で？」

「知りたいか？」

「……はい」

アレクシアはふふと笑った。

「なぜならわたしは女王になるのだから、いずれ近衛《このえ》隊を持たねばならない。そうでないと、君主として格好がつかないからな。近衛隊とはつまり、護衛官がたくさんいるようなものだ。だからおまえには、ぜひわたしの近衛隊長になってもらいたい」

「近衛隊長」

「《女王陛下の近衛隊長《Captain of the Queen's Bodyguard》》だ。嫌か？」

そう問うと、ガイウスは我にかえったように、首を横にふる。

「とんでもありません」

「では受けてくれるか」

「謹んでお受けします」

ガイウスはうやうやしく頭《こうべ》を垂れる。

「よかった。これがわたしの女王としての初仕事になるな」

「それは光栄です」

ガイウスはほほえみながら問う。

「ではお次はなにをなさいますか？」

「そうだな……」

ほんのわずかだが、市井《しせい》の暮らしにふれてみて、学ぶものがあった。

凶作。疫病《えきびょう》。治安の悪化。ガーランド全域に広がる問題は山積みだ。

それでも決して豊かではない暮らしのなかで、けんめいに生きている人々がいる。

彼ら彼女らがより安心し、能力を生かして暮らせるようにする方法はきっとある。

アレクシアは薔薇《ばら》色に輝く夕空をみつめる。

かすかな潮《しお》の香りを胸いっぱいに吸いこむ。

さあ——なにから始めよう。

完

あとがき

こんにちは。あるいははじめまして。久賀理世《くがりせ》です。

『王女の遺言　ガーランド王国秘話』最終巻をお届けいたします。


終わりましたね……ついに。

全四巻と銘打って刊行が始まりましたこのシリーズですが、そうと知らずに手にされた読者のみなさまは、一巻の締めの堂々とした《つづく》宣告に、さぞやとまどわれたものとお察しいたします（笑）

そうでなくともここまでたどりつかれたということは、たびかさなる《つづく》攻撃にもめげずにおつきあいくださった猛者《もさ》――まさに物語の伴走者《ばんそう》といえる存在で、送り手としては感謝の念にたえません。

本当にありがとうございます。

そして長々とお疲れさまでした。

今回はあとがきの機会をいただきましたので、終幕の余韻《よいん》を共有しつつ、刊行の経緯や世界観などについても、つらつらお話ししてみようかなと思います。

ご興味ありましたら、いましばしおつきあいくださいませ。


この『王女の遺言』はもともとWebマガジンCobaltで連載されていた作品で、企画の段階ではこうしたかたちで世に送りだす予定はありませんでした。

というのも物語の構造としてかなりの長さが必要になりそうなことに加え、一巻ごとにとりあえずの区切りをつけるのもまた難しかったからです。

それをひとつの作品としてまとめてお届けすることができたのは、連載当初から熱心に追いかけてくださったみなさまのおかげにほかなりません。

その応援がなければ、昨今の出版事情ではなかなか難しい、このような刊行形式でお目にかけることは叶いませんでした。本当です。

あらためてお礼を申しあげます。


連載開始が二〇一九年の七月。

初期からおつきあいいただいていたとすると、結末までかれこれ二年半もお待たせしてしまったことになりますね。

じりじりしながら先の展開をあれこれ想像するのも、連載ものの醍醐味《だいごみ》……という悟りの境地に達していただけていたらよいのですが。

当時からは世相も様変わりいたしました。

帯に「完結巻を読むまで死ねない！」との文言《もんごん》があり、実際そのようなお声をちらほらいただきましたが、この物語が日々を乗り越えるためのささやかな支えのひとつとなっていましたら、作家冥利《みょうり》に尽きます。


さて。

この物語はとある児童文学の古典を下敷きにしています。すでにお気づきのかたも多いでしょう。

マーク・トウェインの『王子とこじき（The Prince and The Pauper）』です。

そっくりの顔をした王子と少年が、おたがいの衣裳《いしょう》を交換してみたら、あれよというまに本来の身分に戻れなくなり――。

いつかこの王道物語のオマージュとして、男の子ではなく女の子を主人公としたものをかたちにしてみたいと夢みてきました。

それもふたりの少女をめぐる、さまざまな因縁《いんねん》や思惑のからんだ群像劇として。長らく構想どまりでいた物語を、こうして完成させることができて感慨深さもひとしおです。

ところで『王子とこじき』の概要《がいよう》はなんとなく把握していても、実在の王子がモデルであるということまではご存じないかたもいるのではないでしょうか。じつはその王子さま――あのヘンリー八世の息子にして、メアリ一世やエリザベス一世の異母弟であるエドワード六世なのです。

彼が夭折《ようせつ》したことで、イングランドの王位はジェーン・グレイ→メアリ→エリザベスと怒涛《どとう》の変遷《へんかん》をたどることになるわけですね。

このあたりのわくわく感は、日本史にあてはめると信長《のぶなが》→秀吉《ひでよし》→家康《いえやす》あたりとかさなるでしょうか。（並べるには絵面《えづら》に抵抗がありますが……）

実際『王子とこじき』にも、その御三方がちらりと登場しています。

テューダー朝そのものが好きなわたしとしては、ついつい「そこのところもっと詳しくよろしく！」というもどかしさがなくもなく、ならばいっそのことと『王女の遺言』にも本家の時代背景を、大胆な改変を加えつつ反映させてみることにしました。

弟エドワードを残しつつ、姉エリザベスのほうを主軸にするというかたちで。

誤解なきようにお伝えしておきますと、本家のほうでは主人公ふたりの出生になんらかの因縁があるといった裏事情はありません。

偶然めぐりあったその日に、即入れ替え完了という超展開ですが、そこを不自然とするのは野暮《やぼ》なこと。

現代よりもなおさら階級意識に縛られていたヴィクトリア朝の作品（一八八一年刊）ですから、人々がいかに外観ばかりにとらわれて、本質を見失いがちかを皮肉ることに意味があったのですね。

冒険物語そのものとして抜群におもしろく、かつ諷刺《ふうし》が効いていて、むしろ年齢をかさねてからのほうがより深く味わえるという、さまざまな読みができるところが名作の名作たる所以《ゆえん》でしょう。

とはいえそこまで踏襲《とうしゅう》しては、さすがに長編では保《も》たないだろうということで、独自の設定をあれこれ詰めていった次第です。

ふたりの主人公それぞれに対となる存在がついていたり、入れ替わった状況のまま父王が崩御《ほうぎょ》するという展開などは意識してなぞっていますが、あくまで架空世界の強みということで、現実のテューダー朝ではありえないはずの設定（女性が舞台で演じるのが普通の文化など）もこだわりなく採用しています。
そのあたりはあくまでおもしろさわかりやすさ優先ということで、ご了承いただければありがたいです。

あらためて本家の内容にも興味を持たれたというかたには、ぜひとも新訳・完全版である『王子と乞食《こじき》』（訳・大久保博／角川書店／二〇〇三年刊）をお薦めいたします。二百点近い初版の挿絵《さしえ》も収録されていて、それだけでも雰囲気満点でお楽しみいただけるはずですよ！

ではそろそろ各巻についての所感に。
もしお手許《もと》に既刊がございましたら、ぱらぱらしながらどうぞ。

まずは始まりの一巻。
運命のめぐりあい。
そして冒頭から恐ろしげな兄王子……。
ちなみにこのウィラードにも、現実に相当する人物がおります。

ヘンリー八世が唯一認知していた庶子《しょし》――ヘンリー・フィッツロイ。

母親は最初の王妃キャサリン・オブ・アラゴンの侍女ということで、いかにも揉《も》めそうですね……。

王はこの子をたいそうかわいがり、後継に指名できないことが無念でならなかったようです。嫡出《ちゃくしゅつ》かそうでないかには、王にも越えられない壁があるという時代です。

その悔しさを埋めあわせるように、宮廷でもそれなりの地位を与えて重用していましたが、十七歳であえなく夭折。

その彼がもしも生き延びて、猛烈な野心（笑）を発揮し始めたらどうなるか。

そんな想像を発端に、まずはアレクシアの第一の敵として立ちはだかっていただくことになりました。

そう――アレクシアは右も左も敵だらけ。

しかしこの段階ではまだそれもわからず、護衛官ガイウスのためになんとか最善の行動をとろうとしたことが、むしろ最悪の結果を呼ぶことに。

この海岸シーンについては、ねぎしきょうこ先生に描きおろしていただいた挿絵が三巻に収録されていますが、本当に美しくて見惚《みと》れてしまいます。

漁師《りょうし》小屋の板壁から淡い陽《ひ》が射しこむさまが神々しくて、なにげない樽《たる》のたたずまいにまで目を奪われます。

ここからアレクシアにはしばらく……かなりの試練が続きます。

女の子だからこそ味わいがちな苦難として、娼館《しょうかん》をめぐる展開を組みこむことは構想の早い段階から決まっていました。本家の王子をあえて王女に替えるとしたら、それ相応の意味がなければなりませんから。

余裕があればより枚数を費やしたいところでした。最初は反発しあっていた女の子たちが、協力して困難を乗り越えるというのはよいものです。

エスタのそれからには本編ではふれられませんでしたが、かならずや生き抜いてくれると信じられることが、すでにアレクシアの支えになっているはずです。

ところで疫病《えきびょう》の脅威《きょうい》をふりかざして脱出の手段とするあたり、おもいがけないかたちで現実世界とリンクしてどきりとさせられましたが、こちらは命がけの行為なので許されるのではないかと。

人類の長い歴史においては、風邪ですぐに命を落としたり、致死率の高い疫病に怯《おび》えることもあたりまえで、まさにテューダー朝のシェイクスピアの時代には、疫病の温床《おんしょう》として劇場が閉鎖されることもありました。

しかたなくロンドンから巡業にでたら、疫病を撒《ま》き散らすなと追い払われたとか。いつの世も変わらないものだと、しみじみ実感させられます。

それはさておき。

アレクシアたち四人組も、ようやく逃亡に成功したと思いきや――案の定そう簡単にはいかず、ふたたびアレクシアだけ捕らえられたところで次巻へ続きます。

まだまだ貴種流離《きしゅりゅうり》……流離しっぱなしの二巻。

ディアナを取り巻く人々にも焦点があたり、その裏でグレンスターの策略も見え隠れし始めます。

当人はまだ知らないけれど、逆サイドや読み手にはわかっているというあたりの情報の匙《さじ》加減が、書き手としてはやりがいのあるところでもありました。

もともとがＷＥＢ連載のための原稿ということで、双方の陣営を対比させつつぱたぱた交互にたたみかけるという手法に挑戦してみました。

一気読みされたときにも、それが快《こころよ》い緊迫感につながっていればよいのですが。

しかしあらためてページをめくってみますと、なんというかディアナに対するガイウスのぞんざいな扱いがきわだちますね……。

とはいえガイウスも常に最善の行動をとってはいて、それを裏打ちする強烈な執念こそが、この物語の駆動力となっています。

もはや百人力。最大の功労者かもしれません。

だってみなさまお気づきですか？　この主従は、なんと千ページもまともに再会できずにいるのですよ！

　構成上そうするしかなく、我ながら気がかりだったのですが、それをひとりで保たせてしまうのですからたいしたものです（笑）

　主《あるじ》のアレクシアのほうはというと、ひたすら王宮へ帰還する方法だけを考えていればよかったはずが、王女として望まれていないのかもしれないという疑惑にさいなまれることになります。

　命の危機を越えて、もはや存在の危機に直面させられるわけですね。

　リーランド&ノアという心強い味方はいるものの、自力で乗り越えなければならない真の戦いが、ここから始まったともいえます。

　影として、常に存在を規定してくれた護衛官をなくした王女。そのガイウスが敵の手に堕《お》ちたところで次巻へ続きます。


　ついに親世代のあれこれがつまびらかとなる三巻。

　ガイウスのさばけた母君を含め、どなたもなかなかの性格をなさっておられます。

　ふたりの出生をめぐって、みなさんやることがふりきれておりますし……誰が悪いかといえばみんなそこそこ悪いですよ。

　同時にこのあたりから、セラフィーナが存在感を増してまいりますね。

立ち位置としては《九日間の女王 Nine-Day Queen》ことジェーン・グレイにあたるのですが、この物語においては、親族に利用されて儚《はかな》く散った犠牲者という扱いにしたくはありませんでした。

《動》のアレクシア&ディアナに対し、あくまで《静》でありながらも内に秘めたるものが……などと考えていたら、美しくも恐ろしいあのようなお姫さまに。

わたしも嫌いではない……むしろ好きですが、彼女とはどうやってお友だちになったらよいかわかりません……。

じつは彼女と似た境遇の少女を主人公とした先行作に『招かれざる小夜啼鳥《さよなきどり》は死を呼ぶ花嫁　ガーランド王国秘話』（集英社コバルト文庫／二〇一八年刊）がありまして、こちらは『王女の遺言』から三・四世代さかのぼった時代の物語です。

セラフィーナと彼女の生きざまは、いわば陰と陽の関係にありますので、もしもご興味ありましたらこちらもぜひどうぞ。

どんな境遇でも、腐《くさ》らずに生きるのは大変なことです。

この『招かれざる小夜啼鳥～』で主人公の侍女をつとめていた少女が、今回カティア嫗《おうな》として登場したのは、作者としては嬉《うれ》しい再会でした。

ガイウスとアレクシアも、ようやく再会できましたね。

「まるで両手に花だな」のところで、あとでこっそり馬肉にされるのではと一抹《いちまつ》の不安がよぎりましたが、さすがに愛馬にそのようなことはしないでしょう。

国王崩御の報がもたらされ、風雲急を告げたところでいよいよ最終巻へ。


こちらについては、もはやあれこれ語ることもないでしょう。

辛い別離あり。嬉しい再会あり。

主役どころのみなさんはもちろんのこと、秘書官タウンゼントや宮廷画家カルヴィーノ師なども、抜群の働きをしてくれました。

それぞれがそれぞれの境遇で全力を尽くし、欠けてはならない歯車がすべてかみあった結果としてたどりついた、あの終幕であったかなと思います。

作者としても後半は〆切《しめきり》がひた迫り、アレクシアとともにW《走れメロス》状態という究極の焦燥《しょうそう》感を味わったことは、ここだけの秘密です（苦笑）

『王女の遺言』は逆境にあらがう生き残り《サバイバー》たちの物語でした。

病と闘うエリアスに、庶子の身分をくつがえそうとするウィラード。

前線から帰還したガイウスに、リーランドもウィラードとかさなる境遇を乗り越えていきました。

おだやかなアシュレイにもまた、人知れぬ苦労があったはずです。元気なノアやロニーとティナの兄妹も、早くに両親を亡くしていながらけんめいに未来に向かって歩んでいます。親しい者が世を去り、取り残された哀《かな》しみに耐えるカティア媼もまた、究極の生存者といえるかもしれません。

生きるのは失うこと。

それでもあらたな出会いが救いにもなりえる。

アレクシアが逆境のなかで、頼もしい戦友と学びを得たように。

ここまで長々と伴走していただいた生き残りたちの生きざまから、なにかしらの声援を受け取っていただけましたら幸いです。


よろしければご感想などもお寄せいただけましたらありがたいです。

「このキャラクターが好き」「あのシーンが印象に残った」など、どんなささいなことでもかまいません。

物語を世に送りだすという生業《なりわい》は、常に虚空に向かって、届くかどうかわからない球を投げ続けているようなもの。読者さんからのご反応は「続きが気になる」のひとことでもとても励みになります。

ぜひお気軽にどうぞ。

『王女の遺言』としての物語は、これにてほぼ大団円となりました。

しかしながら疾走《しっそう》感重視で駆け抜けたため、どうしても紙幅を割けないままに終わってしまった点も多くあります。

あのかたとか、あのかたの視点があまりなかったり、過去にあったあれこれの因縁が気になったり……。

そこでひとまず電子書籍での短篇《たんぺん》集というかたちで、番外編を刊行させていただく予定です。

より本編をお楽しみいただくための必読の書となろうかと思いますので、ぜひ続報を気にかけていていただけましたら嬉しいです。

おまけにひとつだけ。

終章でのセラフィーナさまのふるまいに、なにがしか不穏なものを感じられたかかた。

おいでになられましたら正解です。

これからもガーランドでは波乱は続く……かもしれませんが、苦難を乗りきったアレクシアやその同志たちは、敢然《かんぜん》と立ち向かってくれるものと期待しています。

最後になりましたが謝辞を。
装画のねぎしきょうこ先生。
刊行に踏みきってくださった編集部のみなさま。
諸々《もろもろ》の作業とともに伴走いただいた担当編集さん。
刊行までにお世話になりましたすべてのみなさま。
そしてここまでおつきあいくださった読者のみなさまに心からの感謝を。
またお目にかかる機会がありますように。

久賀　理世

※この作品はフィクションです。実在の人物・団体・事件などにはいっさい関係ありません。

集英社オレンジ文庫をお買い上げいただき、ありがとうございます。
ご意見・ご感想をお待ちしております。

●あて先
〒101-8050　東京都千代田区一ツ橋2-5-10
集英社オレンジ文庫編集部 気付
久賀理世先生

王女の遺言 4

ガーランド王国秘話

集英社
オレンジ文庫

2022年1月25日　第1刷発行

著　者　久賀理世
発行者　北畠輝幸
発行所　株式会社集英社
〒101-8050東京都千代田区一ツ橋2-5-10
電話【編集部】03-3230-6352
【読者係】03-3230-6080
【販売部】03-3230-6393（書店専用）
印刷所　株式会社美松堂／中央精版印刷株式会社

ISBN 978-4-08-680429-5 C0193